COLEÇÃO **e**

ficções

fEMININO

COLEÇÃO e

ficções
fEMININO

SESC
SÃO PAULO

LAZULI

COLEÇÃO E

ficções
FEMININO

Com apresentação de Nelly Novaes Coelho

Textos originalmente publicados na *Revista E* do Sesc São Paulo

ADÉLIA PRADO, ANA MIRANDA, ANA PAULA PACHECO,
EDLA VAN STEEN, ELVIRA VIGNA, HELOISA SEIXAS,
LETÍCIA WIERZCHOWSKI, MARCIA DENSER,
MARIA ADELAIDE AMARAL, NÉLIDA PIÑON, RENATA PALLOTTINI

Projeto gráfico e retratos: WERNER SCHULZ
Desenho da capa e dos contos: MARCOS GARUTI
Diagramação: ANTONIO BARBOSA
Acompanhamento gráfico: EDUARDO BURATO

Editores: ERIVELTO BUSTO GARCIA, MIGUEL DE ALMEIDA

Edição: MIGUEL DE ALMEIDA
Assistência editorial: JULIO CESAR CALDEIRA, LUDMILA VILAR
Revisão: PRISCILA FONSECA

São Paulo, 2003

SESC SÃO PAULO

Av. Paulista, 119
01311-903 - CP 6643 - São Paulo - SP
Tel.: (11) 3179-3400
Fax: (11) 288-6206

LAZULI EDITORA

Atendimento a livrarias:
Tel./Fax: (11) 3819-6077
comercial@lazuli.com.br
www.lazuli.com.br

ÍNDICE

PREFÁCIO

por Nelly Novaes Coelho

O conto feminino – O mundo em crise

"As mulheres da minha geração perambulam pelo castelo-em-ruínas do casamento. E se possuem a chave da liberdade conferida pela pílula, nada podem fazer com ela. Deram-nos a chave, mas esqueceram de construir a porta."

(Marcia Denser)

Ao longo da leitura dos contos aqui reunidos, várias vezes veio-nos à lembrança essa significativa denúncia feita pela autora de *O Animal dos Motéis* (1987). Isso porque em todos eles, com maior ou menor força, repercute essa consciência de falência ou de fracasso da mulher, em suas lutas (feministas ou femininas) para se autodescobrir em verdade, isto é, o "quem sou eu?" para além da imagem com que a Sociedade a consagrara (pura, submissa, discreta, "rainha do lar" e escrava do homem). Lutas que, como sabemos, atravessaram todo o século XX, pondo em xeque as relações homem-mulher (Amor x Sexo) e abalando a antiga estrutura familiar.

Como disse Marina Colasanti em *Mulher daqui pra Frente* (1981):

"Somos mutantes, mulheres em transição. Como nós, não houve outras antes. E as que vierem depois serão diferentes. Tivemos a coragem de começar um processo de mudança. E, porque ainda está em curso, estamos tendo que ter a coragem de pagar por ele. [...] Saímos de um estado que embora insatisfatório, embora esmagador, estava estruturado sobre certezas. Isso foi ontem. Até então ninguém duvidava do seu papel. Nem homens, nem muito menos mulheres. [...] Mas essa certeza nós a queremos para poder sair do cercado."

Realmente, o "cercado" foi derrubado e, em meio ao caos social, surge uma "nova mulher", liberada, desafiante, perplexa ou confiante, que se faz ouvir na literatura dos anos 60/70. Mas o tempo não pára. À euforia inicial das lutas vencidas sucede o desalento (ou a revolta) em face da falência dos ideais. E uma nova voz de mulher faz-se ouvir na contramão das lutas idealistas: a voz de uma mulher desencantada, que conquistou a liberdade, mas descobriu que esta não fora ainda incorporada ao sistema (ou o foi apenas pelo marketing, que fez da mulher e de sua liberdade sexual um dos mais valiosos produtos para consumo). O que lhe resta é não levar o mundo a sério, é a displicência, a ironia, a blague, o deixar-se levar pela corrente...

Patente ou latente, nos contos aqui reunidos, está essa consciência do "sem-saída", criado pelo belo/horrível mundo em que vivemos. Todos eles – denúncias vivas da paradoxal crise *de comunicação* que mina as relações humanas – impedem o Amor, substituído pela exacerbação do Sexo, pelo medo, insegurança, egoísmo, vaidade, desnorteamento e solidão em meio à multidão, em meio à "festa", aos "prazeres" obrigatórios em nosso dia-a-dia. (Lembramo-nos – com relação a essa "festa" imposta pelos multimídias ao nosso cotidiano – do nº 29 do sábio *Código do Amor Cortês*, criado no século XII: "O hábito muito excessivo dos prazeres impede o nascimento do Amor.")

Com a concisão e densidade exigidas pelo gênero conto, e nos mais variados estilos, todas as narrativas reunidas adiante falam dessa nova crise em processo neste limiar de séculos.

Adélia Prado, em *Decibéis*, já no título, denuncia a agressão do mundo contra o indivíduo, ao invadir sua privacidade, seu espaço interior, com o ruído, o barulho, "uma das estações do inferno", uma das imposições do ciberespaço em que vivemos. Situação dramática que nos lembra Shakespeare, em *Macbeth*, ao definir a vida, como "um conto narrado por um idiota cheio de sons e fúria e não dizendo nada".

Em *O Leit-Motiv*, Ana Miranda fala do "acaso" que parece governar a vida humana, pois as "causas" dos acontecimentos geralmente escapam à nossa percepção. Nessa ordem de idéias, entra a *ausência de causa* para o surgir inesperado do amor... que, afinal, só existe no imaginário da mulher que se apaixona pela figura fugidia de um homem que permanece desconhecido.

Ana Paula Pacheco, em *Visita ao Velho Aluísio*, tece a narrativa poético-metafórica de um drama, através do contraste entre a linguagem desenvolta, dialogante e aparentemente displicente, e a tragicidade e mistério, dor e morte da situação narrada.

Em *Ritual*, de Heloisa Seixas, a ânsia de romper limites, de conhecer o desconhecido, de ir além das fronteiras preestabelecidas pelas convenções, se expressa numa escrita anelante –de suspense e de atmosfera –, engendrando o mistério em seu rastro. Misturado ao mistério do "ritual", o choque do confronto com a "diferença".

Elvira Vigna, já no título, denuncia o vazio, o repetitivo estéril da vida cotidiana: "Izildinha fez um café e tudo continuou igual". A banalização dos seres e coisas – tudo reduzido a um mesmo plano de valor; a deterioração do amor reduzido a meros contatos ou a gestos maquinais, a apatia existencial – muito longe da angústia existencial dos anos 50/70, gerada pela grande interrogação: "Quem sou eu?"

Interrogação que se faz presente também no conto de Letícia Wierzchowski, *Desaparição*, cuja primeira frase já sintetiza a problemática-chave da narrativa: "Era uma vez uma mulher que foi perdendo os traços." É sua imagem no espelho que, aos poucos, vai desaparecendo, enquanto tudo à sua volta – quadros, móveis, objetos – continuavam refletidos. Mas, diferentes da busca metafísica/existencial do eu, a da personagem de Letícia se defronta com a busca da própria identidade. Busca que nos lembra *O Espelho*, de Machado de Assis, no qual nos defrontamos com a problemática do "duplo".

Marcia Denser, em *Reflexos*, reafirma o trágico desencontro entre homem e mulher, provocado pelos disfarces de comportamento, adotados por ambos, à força das convenções, das boas maneiras e que, como "muro de vidro", impedem a comunicação autêntica do eu com o outro.

Em *Alegria*, Renata Pallottini mostra como pequenos detalhes podem frustrar ou impedir a fruição de grandes sentimentos ou emoções: a alergia da mulher ao "cheiro de carne crua", que impedia a entrega amorosa.

O miniconto de Nélida Piñon enreda-se também em torno da ausência do Amor – ausência aqui disfarçada ou mascarada pelas basófias grosseiras de "machos latinos" que, entre si, se gabam de suas proezas sexuais e "qualidades" de suas eventuais parceiras.

Em *Breve Diário de um Breve Amor*, de Maria Adelaide Amaral, voltamos a encontrar o tema do desencontro do amor, provocado pelo desencontro das palavras, pelos mal-entendidos, pela insegurança interior ou medo de rejeição, que se transformam em orgulho agressivo, para ocultar as fragilidades ou carências inevitáveis em cada ser humano.

Bem sintonizado com o atual mundo de banalização de valores e convenções, o conto de Edla Van Steen se trama também no espaço do desencontro, já anunciado no título, "Nada a lastimar". No decorrer da leitura, ele se revela como metáfora ou índice da cética visão-de-mundo hoje predominante: a da redução de tudo a uma mesma escala de valores. Tudo deve ser "curtido" rotineiramente, pois a vida é uma "festa". O "desencontro" aqui não se dá na esfera do amor (pois os dois personagens viveram felizes até que a morte os separasse), mas na esfera dos valores humanos. Não tanto, em relação à tranqüila "escolha" feita pelos dois, rompendo convenções e tabus impostos pela Sociedade, mas pela superficialidade com que são vistas e vividas as grandes experiências da vida: o Amor e a Morte. Ambas impregnadas do "laissez faire" com que a vida atual está sendo vivida. Acabada a "festa"cotidiana, acabou-se a vida. Daí que o suicídio final não tenha o impacto que teria em uma tragédia grega. Sinal dos tempos.

Todos esses contos, essas vozes femininas comprovam que chegamos a mais um momento crítico no longo processo de mutação, que marca o nosso tempo e que tem, na mulher, sua pedra de toque. Neste limiar de milênio, já se sabe da saciedade que, entre as grandes revoluções inovadoras, a que nosso tempo vem assistindo, a que arraiga na *transformação do mundo feminino* é das mais decisivas, pois atinge as próprias bases do sistema de relações vigentes no mundo civilizado, de estrutura patriarcal, que herdamos.

Ao romper os limites do espaço que a Sociedade lhe destinava – o do "lar", onde era (ou é?) "rainha" (a pedra-base, a Grande

Mãe ou a Mãe Terrível) – e entrar "oficialmente" no mercado de trabalho, a mulher não só rompeu com as relações homem-mulher consagradas pela Tradição (virgindade, casamento, maternidade) como também abalou a pedra-base da Sociedade: a Família. Não se pode esquecer desse fenômeno, nem sempre lembrado – uma vez modificadas *as relações homem-mulher*, dentro do sistema familiar por ela criado, automaticamente se modificam as relações sociais contemporânea, mostrando de mil formas que as conquistas do Feminino (a liberação sexual da mulher e sua entrada no mercado de trabalho e na política) abriram brechas no corpo social, as quais só o tempo e novas transformações poderão resolver. Nenhum avanço na evolução humana tem retorno. É daí para a frente.

Essa interdependência, entre Feminismo e deterioração dos valores básicos da Sociedade atual, vem chamando a atenção de estudiosos de várias áreas das ciências humanas, principalmente no âmbito da Psicologia junguiana, voltada para a redescoberta dos mitos e arquétipos, criados na origem dos tempos e que permanecem atuantes na "consciência coletiva". Neles, o caráter elementar do *masculino* corresponde à razão, ao consciente, ao positivo, ao animus; enquanto o *feminino*, à intuição, ao inconsciente, ao negativo, à anima.

Uma das conclusões desses estudos, ainda em processo, aponta para o fato de que a *unilateralidade masculina* (em que se fundou a sociedade patriarcal) já não basta. Precisa ser complementada, pois o sistema civilizador/progressista por ela construído, ao entrar no século XX, já "dera o seu recado": criara um novo homem e um novo mundo que já não cabiam (e não cabem!) nos antigos limites, e cuja potencialidade ou alcance são ainda inimagináveis.

Nessa ordem de idéias, aponta-se para a necessidade de fusão dos valores patriarcais (masculinos) com os valores matriarcais (femininos), e não a substituição de um pelo outro, pois ambas as "unilateralidades", isoladas, não se bastam. Exigem recíproca complementariedade. A partir desta fusão, talvez poderá ser construída uma nova ordem, fundada na complexidade (Edgar Morin).

Nessa ordem de idéias, em seu tratado *A Grande Mãe* (1959), Erich Neumann analisa essa problemática e, apontando para uma possível "terapia da cultura", conclui:

"[...]a ameaça à humanidade atual resulta, em grande medida, do desenvolvimento patriarcal, unilateral, da mentalidade masculina, que não é mais compensada pelo mundo "matriarcal" da psique (como o foi na origem dos tempos). [...] A sociedade ocidental precisa, a qualquer custo, chegar a uma síntese que inclua o mundo feminino, igualmente unilateral, quando isolado. Somente assim o ser humano individual poderá desenvolver a totalidade psíquica, que se faz necessária para que o homem ocidental possa estar psiquicamente atento para os perigos que ameaçam por dentro e por fora sua existência. Somente essa integração total de um indivíduo (seu consciente integrado no inconsciente) tornará possível uma melhor qualidade de vida para a sociedade."

Essa "integração" chegará um dia? Talvez o Amor resolva. A Literatura, sem dúvida, continuará buscando...

NELLY NOVAES COELHO, é ensaísta literária, professora e escritora.

ADÉLIA PRADO

Decibéis

ADÉLIA PRADO

Demorou até estrear na literatura. Ainda que seus primeiros versos tenham nascido aos 14 anos, foi somente aos 40 que essa mineira de Divinópolis estreou como poeta. Antes disso, foi professora, casou-se, teve cinco filhos e formou-se em Filosofia, aos 37 anos. Quando concluiu o curso, enviou alguns de seus poemas ao poeta e crítico literário Affonso Romano de Sant'Anna, que, por sua vez, os encaminhou a Carlos Drummond de Andrade. Logo os poemas saíram em livro, reunidos sob o título de Bagagem. *No* Jornal do Brasil, *o novo talento da literatura foi saudado com uma crítica entusiástica de Drummond e, na noite de autógrafos, a obra foi festejada por nomes como Nélida Piñon, Antonio Houaiss, Clarice Lispector e Juscelino Kubitscheck. Dois anos mais tarde, em 1978, Adélia escreve* O Coração Disparado, *que lhe rendeu o Prêmio Jabuti. No começo dos anos de 1980, outra estréia: agora como diretora de teatro. Seu primeiro trabalho é a encenação de* O Auto da Compadecida, *de Ariano Suassuna. Mesmo no auge, em 1981, o lançamento de* Terra de Santa Cruz *marcaria o início de um enorme silêncio poético que duraria até 1994, quando escreve* O Homem da Mão Seca. *Sobre o fato, explicou, mais tarde, que foi acometida por uma "desolação: você quer, mas não pode". Em 1999, ela lança o romance* Manuscrito de Felipa *e o livro de poemas* Oráculos de Maio. *Em 2001, a prosa é novamente o terreno pisado por Adélia, com o lançamento de* Filandras.

De
ci
béis

O doente delirava um pouco e insistia para que o informassem sobre o que acontecia à porta do seu quarto. Para ele, seguramente um protesto com alguém gritando palavras de ordem, colhendo assinaturas, solicitando adesões para uma causa ligada aos motivos de seu drama pessoal.

Eu o visitava nos dez minutos permitidos aos internados no CTI de um grande hospital e verifiquei com desgosto que nem ali uma pessoa – no caso, o próprio doente – pode-se valer do benefício do silêncio.

Não havia comício à sua porta, mas conversas animadas, um crente distribuindo jornais de sua igreja e ruídos, ruídos. Uma das estações do inferno é certamente o barulho, o horrendo suplício de sua eterna intermitência, a impossibilidade de concentração. Acredito que o inferno já chegou, já estamos nele. Não há dentista, elevador, hospital, igreja, corredores, sala de espera, táxi, que se preste apenas à sua função. Todos têm um rádio, um gravador, impedindo-me – na maior parte dos casos – de sofrer.

Todos acreditam ou são impelidos a crer que "uma música suave" vai me relaxar, predispor-me sorrindo à injeção, ao motor, à perigosa travessia de nossas ruas.

O taxista parece civilizado quando exibe a plaqueta "obrigado por não fumar". Eu não fumo, mas me obrigo, porque tenho medo de irritar taxistas, a ouvir junto com buzinas e carros com descargas sôfregas, a programação de nossas rádios e seus locutores desvairados.

Dos programas de auditório, passando pelo alto-falante anunciando frutas e eventos, até o animador de missas, uma categoria relativamente nova, somos impedidos de estar conosco, com o outro, com Deus. Há um perigo real no silêncio, o perigo desse encontro de salvação e crescimento, permanentemente adiado. Se nos calarmos nos ouviremos e não quero ouvir-me, é muito desconfortável. Mais tarde, talvez.

Até os funerais contaminaram-se. Não se pode chorar, alguém se encarrega de preencher hora por hora, até a pá de terra final, com uma cadeia de cânticos e orações que, longe do espírito da resignação cristã, não quer que eu veja como a morte é pálida, fria, como a orfandade nos faz dar gritos e pedir socorro e colocar só em Deus nossa esperança. Tenta-se maquiar a morte, o sofrimento, a consciência incômoda.

Você vai fazer retiro? Cuidado. Várias casas de oração agora inventaram de constelar seus belos jardins com placas e blocos de pedra onde se lêem salmos, provérbios, advertências, louvores, com a impertinência de uma empregada silenciosa que a todo momento entra na sala onde você quer estar só e espana um cisco, ajeita um quadro na parede e traz a bandeja com o lanche.

Certamente este é um texto ruidoso de adjetivos, também ele afetado pela síndrome do ruído, perturbado pela angústia de que será abafado no alto volume da balbúrdia ambiente. Por isso eu vou gritar, gritemos todos juntos, alto, bem alto, mais alto ainda: silêncio.

PUBLICADO NA EDIÇÃO DE ABRIL DE 2000

ANA MIRANDA

O Leit-Motiv

ANA MIRANDA

Ana Miranda nasceu em Fortaleza, em 1951, mas passou boa parte da vida adulta no Rio de Janeiro, onde estudou artes. Sua carreira como escritora é inaugurada com o livro de poemas Anjos e Demônios, *de 1979.* Boca do Inferno, *seu primeiro romance, seria escrito dez anos mais tarde. O Brasil colonial recriado por meio de dois personagens centrais, o poeta Gregório de Matos e o jesuíta Antonio Vieira, rendeu à autora o Prêmio Jabuti de 1990, além de ser incluído na lista dos cem maiores romances do século em língua portuguesa publicada pelo jornal* O Globo, *em 1998. Os próximos anos trariam o lançamento de uma ficção,* Sem Pecado, *de 1993, e de* Belle Époque, *romance sobre o poeta Augusto dos Anjos. Em 1996, ela colocaria outra de nossas escritoras em sua obra.* Clarice, *tem a escritora Clarice Lispector como personagem principal. Ainda no mesmo ano, o Brasil colônia retornaria às palavras da autora com* Desmundo *– a história de órfãs portuguesas que eram trazidas à força para as terras recém-descobertas e obrigadas a casar com os primeiros desbravadores. O livro virou filme nas mãos do cineasta Alain Fresnot.* Dias & Dias, *último romance da escritora, volta novamente à vida de outro personagem literário e recorda a trajetória do poeta Gonçalves Dias. Atualmente, Ana Miranda colabora com jornais e revistas e faz parte do grupo de escritores que concede, anualmente, em Roma, o Prêmio União Latina de Romance.*

O Leit-Motiv

Ele surgiu um pouco antes da minha partida, e foi o seu leit-motiv, assim como o sangue é o leit-motiv de Carmem de Bizet. Eu fazia hora na livraria de uma amiga, ela estava muito atarefada nos últimos preparativos para o lançamento de um livro, eu a esperava para irmos almoçar juntas, quando entrou na livraria um homem de terno e gravata, óculos, muito tímido, na verdade ele não entrou, olhava os livros que ficam em cima de um balcão na calçada, emoldurado por um renque de prédios velhos e copas de figueiras antigas, num fim de manhã de verão. Há gestos muito simples que fazemos, distraídos, e que podem mudar aspectos importantes da nossa vida, às vezes simplesmente olhar para o lado, ou simplesmente não olhar, abrir a bolsa, afastar os cabelos do rosto, pedir um café e acender um cigarro, levantar-se de uma poltrona com uma espontaneidade sem conseqüência, fútil e negligente caminhada numa encosta íngreme, quando não percebemos que escorregar ali pode ser uma queda infinita, e a ausência será uma prova de abandono, um olhar pode ter todas as realidades que nos iludem, encarnar as nossas percepções, mesmo quando não percebemos que estamos maravilhados, a vertigem do acaso, o sentimento da presença experimentada, o prelúdio do prelúdio, um aprendizado inconsciente à distância, uma seqüência de ímpetos desconhecidos de prazeres, coisas que se dissolvem. E fui até ele e lhe dei um convite para a festa daquela noite. Sem nenhum toque, um gesto delicado no interior da palma, pergunta, resposta, atividade tumultuada da fala, ocasião furtiva, poucas palavras, o que vai escapar antes de existir. Nenhuma reflexão, apenas uma sucessão de imagens e vozes estranhas, vozes breves e contidas, descuidadas, casuais, sem vasculhar, sem adversidades. A fatalidade do descuido não me vestira, não me enfeitara para um encontro, não penteara os cabelos nem perfumara meus ombros, um corpo adormecido entre panos escuros, casuais. Tudo fica para ser sugerido e adivinhado. De repente uma cortina se rasga, vemos um quadro. Palavras provisoriamente verdadeiras. Uma mulher instruída pode ler seu futuro num simples gesto.

Ele deveras apareceu, à noite, veio com seu filho, um rapaz de cabelos encaracolados e olhos rápidos, ficou um instante só, eu o vi entre as pessoas, ele me olhava detrás da vitrine da livraria, sempre na rua, uma expressão de inocência, e desapareceu. Foi isso simplesmente. Nenhum sobressalto. Eu não percebi que ele deixara em mim a dor de um grão de areia que vai formar a pérola. Algo que em determinado momento se afasta e deixa a sua ausência, o pássaro indisponível. A descoberta retardada do momento vivido, um episódio sem começo nem fim. A fascinação, a extremidade do distanciamento, bagatelas, o miolo factual de um acontecimento, incidente, as mínimas circunstâncias se tecendo numa trama de sonho e festa, festa, a floração de uma casualidade. O que chamamos acaso talvez seja a lógica de Deus, está escrito nos *Diálogos das Carmelitas*, de Bernanos. Uma poesia de Quintana: O que nos acontece nada tem com a gente, são simples acidentes que chegam de olhos fechados, num jogo de cabra-cega. Essa é a regra. Aqueles olhos separados por um vidro e livros azuis. Virei de costas. Que fazer? Como agir? Surpreendida por minha surpresa, imobilizada por uma aparição fixa. A formalidade ancestral do rapto. E passei a esperar todos os dias que esse ser fugaz reaparecesse em meu caminho, mas já era tarde demais, sentava inutilmente no mesmo banco da livraria, dias e dias na Dias Ferreira, reconstituindo e conjugando as peças, recebendo orquídeas anônimas, sentindo as lufadas que vinham lá de baixo do doce abismo, e esperava, quieta, olhando as pessoas que passavam, as folhas caindo na calçada, o outono a se aproximar, uma longa e leviana espera, uma prostituta caprichosa apaixonada por uma ave, mordida por um inseto que deixara um líquido entorpecente, talvez eu tivesse o mesmo tipo de sentimento daquele meu amigo que perdeu o filho num suicídio, sem um bilhete, sem uma palavra de explicação, e lhe doía mais o mistério que a perda. Por quê? Por que houve um engano temporal e a submissão a um lampejo desconhecido? Imaginava que ontem, exatamente ontem que eu não estivera ali sentada, ele viera novamente olhar o balcão de livros e o vidro com livros azuis e a curva negra dos ombros de uma mulher de costas, uma alça fina. A Sabina quieta olhava as pessoas que passavam na rua, sem fazer nada, esperando-o aparecer, e ele nunca voltou, nunca mais passou ali por acaso naquele momento de ternura e esperança, que estranhamente não gerava nenhuma infelicidade, talvez fosse até mesmo o contrário, não veio e no entanto estava sempre ali, nunca beijou-me inocente no entanto eu sentia um irrefletido beijo, teria pudor em se aproximar de mim, beijar meu rosto, segurar minha mão, sentar ao meu lado, falar de seus problemas do cotidiano, em meu desespero passivo eu o amei como nunca, por não ter a graça da intimidade, por não perceber que muitas vezes nos decepcionamos porque não sabemos ver o sonho que há na realidade, e a realidade que há no sonho, às vezes nos basta essa vontade libertária de imaginar, às vezes não basta, de qualquer forma continuei a sonhar com meu passante, não sabes aonde vou, não sei aonde vais, tu que eu teria amado, e o sabias demais.

PUBLICADO NA EDIÇÃO DE MAIO DE 2003

ANA PAULA PACHECO

Visita ao velho Aluísio

T.

ANA PAULA PACHECO

Ana Paula Pacheco nasceu em São Paulo, em 1972. Fez faculdade de Letras na USP e dá aulas de literatura para o ensino médio. Estudou durante alguns anos a obra de Guimarães Rosa e fez doutorado sobre o livro Primeiras Estórias. *Participou de oficinas literárias na casa de Mário de Andrade no início dos anos 1990, quando escreveu o conto aqui publicado. Também, na casa do grande escritor, fez parte do grupo Cálamo, de criação poética. Com esse grupo publicou o livro* Desnorte. *Além deste conto na* Revista E, *publicou histórias nas revistas* Cult *("A viagem de dona Nena")* e Ficções *("Casaco de panda ou o glorioso Dia das Mães"). Faz com alguns amigos a revista* Rodapé, *de crítica de literatura brasileira contemporânea. Atualmente prepara seu projeto de pós-doutorado e um livro de narrativas.*

Visita ao velho Aluísio

Putice a sua mexer com o que não está muito claro para mim. Porque para você não tinha qualquer importância, ela não era sua filha, você nem sequer conhecia a menina, a que nadava comigo no caudaloso rio. Esse rio que não se continha em evaporação e chuva; nas enxurradas, trazia consigo o céu. Por isso nadávamos, eu e a menina-filha, arrastadas pela correnteza de toda aquela água muito mais forte do que nós. Foi como a menina me contou que ele se chamava: rio das rosas roxas. A água ocupava a Marginal Pinheiros em sua mão e contramão, e nós duas nadávamos na correnteza sem cansaço nem medo.

A menina-filha, que havia morrido há alguns meses, estava ali não para se explicar, como é comum nos sonhos; estava ali só para, no curso, me dizer o verdadeiro nome das águas embrionárias. Mas eu não precisaria pensar em decifração alguma se você não tivesse roubado o nome das águas roxas para me escrever um poema de amor. Essa sua mania de me apalpar os gânglios e depois dizer: "Você está cheia de manchas roxas, manchas de melancolia."

Não, você não tem culpa. Você não obriga ninguém a lhe contar sonhos. As cenas dos almoços com o velho Aluísio, ademais, vieram dias antes, enquanto, um pouco arregalada, eu lia Cortázar numa confortável poltrona de veludo.

★★★

Depois da morte da menina, eu e três amigas talvez achássemos que podíamos ajudar o velho Aluísio a matar a saudade recordando. Ele já não tinha fôlego para nadar conosco na voragem das águas roxas, por isso o encontrávamos em barco seco, e sem a menina, já que a comunicação entre ele e ela fora irremediavelmente cortada quando ela se foi.

Reuníamo-nos na salinha de almoço. À cabeceira sentava-se o pai da menina-filha. Eu escolhia um lugar bem à sua frente só para satisfazer o estranho desejo de ver o melhor homem e o mais rico que eu conhecia sentir uma dor de verdade. Dor parecida à dele eu só relembrava a de quando meus brinquedos recém-chegados tinham voado pela janela do apartamento. Na festa dos meus quatro ou cinco anos havia na casa uma dezena de crianças, primos e vizinhos, que haviam trazido muitos presentes. As mães e alguns pais conversavam no intervalo dos salgadinhos compulsivamente devorados. De repente, no mais cruel desvario dos meus convidados mirins, os brinquedos iam sendo atirados pela janela. Todas as crianças os lançavam, entusiasmadas; e riam, riam, e olhavam para os presentes lá embaixo, estatelados no chão. Eu chorava e corria entre soluços à mãe: - Mas mãe, eles estão jogando todos os meus brinquedos!

Os olhos vermelhos do pai da menina-filha lançavam duzentas fagulhas sobre nós. Ele nem precisaria pensar nela, a memória era a respiração da vida, e no seu rosto se viam inúmeras pequenas rugas mapeando o fato de ela não existir mais, nunca mais.

Diante dele ou delas, nunca me atrevi a recontar a história, nem mesmo quando sonhava com o rio. Mas, nesse dia, eu havia passado a tarde na cama lendo Cortázar. No meio da leitura, cenas dos almoços no velho Aluísio atravessavam o livro e eram tão estranhas que eu não conseguia imaginar como tudo aquilo acontecera.

Discretamente insuportáveis os almoços silenciosos ou de conversinhas amenas para distrair o velho Aluísio. Quem sabe, distraído, ele não pensasse quão odiosas éramos nós, que tínhamos visto a menina-filha morrer e não lhe prestamos o devido socorro.

O irmão mongolóide desviava nossa atenção com babinhas e falas graciosas. Almoçava conosco ao lado do pai, ele que amava a irmã sem convenção alguma, ele que poderia detestar e repelir quem bem quisesse, estranhamente ele parecia amar aquela família que anos depois o libertara. Amava a menina-filha e sabia, no seu silêncio de decibéis acima da compreensão, que ela não estava mais. Sua irmã morrera no mar mas ele não sabia do mar, nunca vira. A mãe escondia-o trancado, até que não pôde mais. Atirou-se pela janela depois de anos de angústia e malabarismo para não mostrá-lo.

O copeiro vinha com a bandeja e uma tampa de prata cobrindo o prato-surpresa que nos serviria. Como eu estivesse sem muita fome, demorava sempre para dar a primeira garfada.

Procurei na página de Cortázar; enguias, estrelas, orifícios do tempo. Procurei nas anteriores, no quarto, em volta. E encontrei o elástico da minha avó morta, ali em cima do criado-mudo, ao alcance do olhar distraído. Um elástico preto de cabelo, diferente do outro, cinza, que eu retirara da menina-morta e guardava comigo, ainda com alguns fios seus. Eis a minha madeleine molhada na xícara de chá, ou na taça daquele rio, servida à mesa do velho Aluísio.

★★★

Íamos todas as terças-feiras sem sermos convidadas. Telefonávamos avisando, como se fizéssemos a ele um favor; então, o pobre homem, exausto e educado, recebia-nos com muita gentileza.

Sem sinal de pressa, o almoço era minuciosamente composto: entrada, prato principal, sobremesa, depois o licor na sala de estar. Ficávamos ali uma, duas horas, sem ela. O pai fumava pacientemente. Não se sabia se era santo ou se uma hora dessas nos surraria dali.

As quatro meninas, colegas de sua filha-anjo. Que mais queriam dele?

Mas o velho Aluísio tinha uma pachorra dos infernos e nos tratava como se não tivéssemos conhecido a menina, como se não a tivéssemos levado para o mar que a levou, como se fôssemos, todas nós, inocentes indo ao Leblon.

Não, nós não tínhamos induzido a menina-filha ao suicídio. O exemplo, aliás, viera da própria mãe. E, afinal, a menina não havia se matado. O que se viu foi que ia de peito aberto para o mar e ele foi traçoeiro. Traiu a nós todas e ao velho; "Que supresa, minha filha! Que surpresa!".

Durante o velório ela não sorria à maneira dos mortos, tinha uma expressão séria. Ficassem histéricos os que ficassem, ela permaneceria calada, morta, e quanto a isso nada mudaria jamais. Fizessem o que quisessem com ela, o que melhor consolasse; construíssem uma casa de pedra, um mausoléu de mármore. Ela já era o túmulo de si mesma. Fosse como fosse, fincaria os pés treze palmos mais próxima do centro da terra, sem qualquer concessão ao pai que lhe dedicara a vida. E nós estaríamos ali, todas as terças, com muitos oceanos nos olhos, muitos anos por vir. As quatro réplicas da menina-filha, todas com quinze anos de idade, e um terrível frescor de rosas roxas.

PUBLICADO NA EDIÇÃO DE MARÇO DE 1999

EDLA VAN STEEN

Nada a lastimar

eDLA VAN STEEN

Edla van Steen é de Santa Catarina, mas vive em São Paulo há quase 40 anos. Recebeu vários prêmios nas áreas de cinema, literatura e teatro. Teve quatro livros publicados nos Estados Unidos, com tradução de David George e que mereceram excelentes críticas: Village of the Ghost Bells, A Bag of Stories, Early Morning e Scent of Love. *Com mais de 20 livros lançados, Edla dirige cinco coleções da Editora Global:* Melhores Contos, Melhores Poemas, Jovens Inteligentes e Magias I e II, *infanto-juvenis. Um de seus contos –* O Sr. e a Sra. Martins *– foi publicado numa antologia internacional* Sudden Fiction, *ao lado dos mais importantes nomes da literatura contemporânea, pela W. W.* Norton *& Company. No final da década de 1970 e início da de 1980, a autora realizou rara empreitada em prol da literatura brasileira entregando-se a entrevistas com os os principais escritores brasileiros. O resultado desse verdadeiro trabalho de preservação da memória de nossa literatura foi publicado em dois volumes pela editora L&PM. No primeiro, destacam-se nomes como Autran Dourado, João Antonio, João Cabral de Melo Neto e Mario Quintana, enquanto o segundo volume traz entrevistas com Nelson Rodrigues, Jorge Amado, Marcos Rey e Otto Lara Resende.*

Nada a lastimar

PP tinha várias providências a tomar nos próximos dias. Levantou bebeu o café com leite em pé mesmo, vestiu uma jaqueta de lã, pegou o elevador e se dirigiu à garagem. Trazia nas mãos as cinzas de Ted. O querido e inesquecível Ted. Quarenta e três anos de companheirismo. Quem diria. Morarem juntos tanto tempo. Nem a mãe acreditou.

Ninguém

Eles se conheceram nos Estados Unidos. Ted trabalhava num banco. Bonito como Clint Eastwood. Aliás eles se pareciam, ambos altos e magros, os olhos azuis. Mas Ted delicado, elegante. Um lorde. Mudou-se de mala e cuia para o Brasil.

Seu último pedido: queria que as cinzas fossem jogadas num caramanchão do clube, onde tantas vezes se sentavam para descansar dos exercícios. Setenta e cinco anos bem vividos, nada a reclamar.

Derradeiro remanescente de família norte-americana: quem iria autorizar a cremação? Ted deixou instruções por escrito. Não que pensasse em morrer, pelo contrário, achava que ia viver pelo menos mais uns dez anos. Acontece que, numa noite fria, eles estavam tomando vinho tinto e uma sopa de cebola, quando Ted soube que seu único irmão não vivia mais.

"A quem interessar possa, declaro que quero ser cremado." E assinou. Uma brincadeira valiosa, que ficou jogada no fundo de uma gaveta. Como é que PP a descobriu? Procurando os documentos de Ted, encontrou o pedaço de papel dentro do passaporte.

Ele nem ficou doente. Um pouco esclerosado talvez. Saía para comprar açúcar e na primeira quadra já se esquecera do que ia fazer. Voltava para casa meio desarvorado. O que é mesmo que eu tinha que comprar? PP seguia-o , às vezes, de longe. Uma tarde encontrou Ted sentado num banco, ao lado de fora do supermercado, o tormento visível no rosto contraído. Ele queria lembrar de alguma coisa e não conseguia. O quê?

PP fingiu que o encontrara por acaso.

Vinha da ginástica e resolveu comprar salmão defumado para o jantar.

– Eu adoro salmão. Boa idéia.

Imagina se, depois de tantos anos, PP não sabia que o outro gostava de salmão.

Mas Ted repetia, como se tivessem acabado de se conhecer. Aliás, ele era cheio de pequenas manias desse tipo. Bastava passar em frente de um prédio qualquer para ele dizer: "faz tempo que não convidamos fulano". Ou então contar pela milésima vez que naquela rua morava não sei quem, que conhecera não sei onde. Assim, como se a notícia fosse fresquinha.

Morreu dormindo. PP nunca pensou que fosse sentir tanto a falta dele. Minha nossa, sem Ted o apartamento era uma caixa oca. Um grito calado, se é que se faz entender, PP zanzando pela sala, os quartos, a cozinha, os passos ressoando no assoalho. Ia pôr carpete em tudo, para enganar a solidão. Ted era alérgico a carpetes. Sempre voltava das viagens com crises de asma ou de rinite. Agora que ele não estava mais ali... Não, trairia o Ted nisso. O máximo que ele faria: tirar os sapatos, andar de meia ou de chinelo, como os franceses fazem para não incomodar os vizinhos. Os passos não vão mais denunciar que está sozinha. Só. Solito. Ai, que pavor.

Desde que Ted se foi, PP não suportou mais se sentar à mesa para comer. Preferia arrumar uma bandeja e levar para o quarto. A tevê ligada. Chegou a dormir vestido e sentado na poltrona.

Agora ia cumprir o pedido feito num sábado, de manhã. Os dois se sentaram no caramanchão coberto de primaveras vermelhas.

– Jogue minhas cinzas aqui, está bem? É um bonito lugar para se jogar as cinzas de alguém.

PP reconheceu que sim. Claro, Ted tinha razão. Mas quem disse que ele ia morrer antes?

– Tenho dez anos mais do que você.

– O que não quer dizer nada. Vamos fazer um trato: se eu morrer antes, você também joga as minhas cinzas aqui.

Ted apertou-lhe a mão emocionado.

– Ainda bem que vou primeiro.

– Emagreci muito. E a herpes pode ser outra coisa você sabe.

– De qualquer maneira vou antes. Eu não teria força para o contrário. Já pensou como seria penoso viver sem você?

– Mas eu também não me vejo só.

O horror dos horrores. Nem para um inimigo PP desejava aquilo. Provação demais. Ted já fez a barba? Não ouvi a torneira. E aqueles passos, de quem são? Do andar de cima. Alguém está pregando um quadro na parede? Deve ser... Não a não. Coisa de louco, o tempo todo ele esquece que não pode ser o Ted. Não pode. Será que ele não vai entender nunca? Ted morreu. Morreu!

PP fez um sinal agradecendo ao porteiro que abriu a garagem. Que idéia ele teria de tudo aquilo? A empregada contou que uma vez ele se atreveu a perguntar se os dois eram parentes. Ela disse ignorar, mas achava que eram primos, dividindo o apartamento, porque a mãe do PP vinha se hospedar e tratava os dois como tal. E que cada um tinha seu próprio quarto. A mãe ficava no de televisão.

O corpo de Ted foi levado imediatamente para o crematório. A quem avisar?

Longas as noites em que eles recebiam para jantares e coquetéis e a casa, ou o ateliê, se enchia de convidados. A velhice isolada, muitas pessoas mudaram de cidade, de país. O círculo social fora bastante reduzido, PP ia riscando os nomes da caderneta.

E não mais que quinze amigos apareceram. Lila, a mais querida por Ted, teve a gentileza de levar Café, para assistir à cerimonia. O cão ficou de rabo entre as pernas, deitado no banco de concreto. PP escolheu alguns CDs de Gershwin, o compositor favorito de Ted, para tocar, enquanto se esperava a cremação.

O pastor encomendou o corpo em inglês.

PP não agüentou e caiu em prantos. Pela primeira vez. Até aquele instante se mantivera firme, afinal Ted não era mais criança e não soube de nada: simplesmente não acordou. Mas não chorou por Ted, e sim por ele mesmo que ia ficar tão abandonado. Sentiu-se como o cão, que não mais teria seu companheiro nos passeios diários. Se um dia PP realmente ficasse doente, mandaria... Bom, vai pensar nisso no momento oportuno. O caixão foi baixando, baixando, o chão se fechou. Para sempre.

PP estacionou o carro em frente ao clube, pegou a caixa com as cinzas e atravessou a alameda solenemente. As folhas estavam úmidas de orvalho. Um cheiro bom de terra molhada exalava dos canteiros. Àquela hora , o movimento ainda não começara e PP pôde chegar incólume ao caramanchão, sem encontrar nenhum conhecido – suspirou aliviado. Odiaria encontrar quem quer que fosse. Aquele gesto tinha que ser unicamente dele, sem testemunhas nem expressões piedosas.

Limpou um pouco o banco antes de se sentar e ficou ali, à toa, engolindo a sua enorme tristeza. Depois, se levantou, abriu a caixa e espargiu as cinzas, devagar, no pé da primavera e no canteiro em volta. Quem faria isso com as dele?

O relógio marcava sete horas da manhã.

Chegou em casa disposto a separar todas as roupas de Ted para dar aos pobres. Mas não conseguiu. Olhou aquele armário tão em ordem, tão cheio do companheiro e desistiu. Esvaziar para quê?

Amanhã começa a organizar outras coisas mais importantes. Primeiro vai ao médico. Precisa, talvez, de um regime alimentar e de recuperar peso. Ele se olhou no espelho, espantado. Sou eu aquele ali? Essa múmia ambulante? A calça franzida pelo cinto, os ombros caídos na camisa folgada. Os dias eram curtos para tantas providências. Mas, aos poucos, tudo ia se arrumando. O afilhado viera almoçar.

– Desta sala, quais os quadros que mais gosta?

– Em geral, gosto de todos. Mas prefiro, realmente, este desenho que você fez da minha mãe, aquele azul que você pintou Volpi.

Tirou-o da parede, imediatamente.

– Para mim?

– Presente.

– Que loucura. Muito obrigado.

Para a amiga Lelena, empacotou a tela de Bonadei.

– Você recebe tanta gente, Lila, tenho certeza de que o Ted ficaria muito alegre de que nossas bandejas de prata e o bule inglês viessem pra cá. Vão ser muito bem aproveitados.

– Mas e você?
– Eu não vou mais fazer jantares.
– Esquece, PP. Você vai se refazer como todo mundo.
– Por favor, aceite. Vai me fazer feliz.

A amiga, para disfarçar os quilos a mais, usava uma camisa solta de seda sobre a malha justa preta.

– Você está parecendo a Judy Garland. Ela se vestia assim.
– Que você quer comer?
– Só um pouco de massa. Ando com o estômago em pandarecos. A famosa gastrite.
– E para beber?
– Nada, meu bem. Tudo me incomoda.

Na saída passou na casa de outra amiga. Ela não estava. Escreveu um bilhete, que colocou em cima do porta-retrato, com a foto dele e do Ted, abraçados, numa das viagens que fizeram a Veneza. "Para você se lembrar de nós, Rosa. Um beijo. PP"

Quanto a Café, puxa, não tinha jeito.

Pagaria o sacrifício. Uma injeção e pronto. O cão não iria sofrer a falta de ninguém.

Para Mercedes, a discreta Mercedes, daria dinheiro para comprar a sonhada casa. Afinal, cozinhou, lavou e cuidou do PP e de Ted por quase dez anos. Assinou o cheque, nominal, que ela encontraria no dia seguinte. Resolvido.

E com os outros quadros, o que faria? Não ia tomar providência alguma. A mãe e o irmão que decidissem. A essa altura não podia cuidar disso. Só se pusesse fogo. Não era uma solução? Mas o trabalho que teria para tirá-los do ateliê... Que ficassem lá. Paciência. Vendeu tão pouco, nas últimas exposições. Não fosse a louça, que desenhava e fabricava, teria passado fome. E a verdade é que ele acabou mais empresário que pintor, ainda que pintasse mais diariamente. Pintar lhe dava muita alegria.

Logo após a médica lhe confirmar o pior – estava com Aids –, uma série de documentos deviam ser tirados. Era preciso facilitar o inventário para a mãe, tão velhinha, e pegar os extratos bancários, com os saldos, as aplicações financeiras.

Ele, que sempre batalhou pela estabilidade, encarava tudo com tamanho desprezo! Que aconteceu? Que mudou? Quando as coisas eram feitas pensando no futuro, valiam a pena. O futuro acabou. Não existia mais para ele, porque perdera Ted e porque... O gerente quis lhe vender um seguro de vida. PP teve um acesso de riso.

– Existe seguro de morte?

– Como?

– Brincadeira.

Quando? Como? Isso interessa? Claro que não. Está doente e pronto. Se foi há dez, cinco ou dois anos, qual a diferença? Saía para fazer seus programinhas e Ted não se importava. Não que tocassem no assunto, não tocavam. Mas óbvio que ele fingia que não sabia. De uma determinada maneira, foi bom que a sua doença só agora tivesse sido confirmada. Os prognósticos eram dramáticos. O último amigo que morreu de Aids passou dois anos pavorosos, câncer aqui, quimioterapia, câncer ali, radioterapia, tuberculose, a pele queimada, os olhos fundos, o pescoço curvo e afundado, a cegueira. Um dia a mulher tomou coragem.

– Por favor, querido. Estou pronta. Pode ir embora.

Ninguém agüentava mais aquela sobrevivência interminável. E o amigo se permitiu ir. Um alívio para todos.

Por isso, ele tinha que se apressar.

Aquela quinta-feira seria a última. O futuro foi ontem. Hoje é o fim.

Vai levar Café para a clínica. O cão parecia adivinhar o quê, o olho comprido, a pálpebra lenta.

– Não adianta, Café. É para seu bem. Você não vai sentir saudade. Não passará fome, nem sede. Foi bom enquanto durou, companheiro. Se tivesse cremação para cães, eu jogaria suas cinzas junto com as nossas. Como não há, não resta alternativa.

PP estacionou o carro, abriu a porta e esperou.

– Vem, Café. – Vem. Colocou-lhe, delicadamente, a coleira.

O cão imóvel. Como se não tivesse ouvido.

– Por favor, não torne as coisas mais difíceis.

PP viu que um casal se aproximava, inclinou-se sobre Café, afagou o pêlo macio, fez cócegas na orelha e, finalmente com os olhos cheios de lágrimas, deu-lhe um beijo.

– Venha, meu amigo.

O cão obedeceu. Rabo entre as pernas, cabeça baixa, seguiu PP até a sala de espera. O casal recebia seu pequinês: a operação fora um sucesso.

Café nem se voltou para o semelhante, olhos fixos no dono.

A veterinária pegou o recibo, já assinado, e prendeu a coleira com firmeza. PP enfiou o papel no bolso, deu-lhe as costas e, quase correndo, entrou outra vez no carro. Não podia se arrepender. Não podia.

Às oito horas da noite, antes de sentar-se no sofá, serviu-se de uma dose tripla de uísque. Despedia-se, calmamente, da sala, dos quadros, da paisagem noturna.

Depois, tirou do armário o terno Armani cinza, a gravata preta, a camisa de listras, as meias e o sapato, esticando-os na poltrona do quarto. A carta, fechada, guardava as recomendações extremas.

"Mamãe, querida, desculpe, mas não tive outra saída. Procure o Dr. Américo, meu advogado – lembra-se? –, que ele tem meu testamento e todos os documentos dos imóveis. O João, que jamais gostou de mim, vai finalmente engolir o preconceito. Ele, que sempre foi um perdedor, ficará rico às custas do irmão que tanto odiou e de quem teve tanta vergonha.

Pois é, que ironia. Eu podia ter feito uma fundação, doando os bens para um museu ou uma instituição de caridade. No entanto, deixo tudo para vocês. É tarde demais para vinganças inúteis. Eu estou muito cansado.

Encarreguei Lila das minhas cinzas. Espero que todos cumpram minhas últimas vontades. Adeus."

Então PP fez uma lavagem intestinal completa, e se vestiu. Não estava triste. Indiferença. Isso é o que sentia, indiferença, por mais surpreendente que possa parecer.

Quantos comprimidos ele ingeriu, quantos? Ninguém saberia.

O telefone toca. Que mau gosto alguém chamá-lo aquela hora, invadindo sua privacidade.

– Alô.

– Tudo bem, PP? É a Lelena.

– Desculpe, mas já tomei os comprimidos.

– Eu queria convidar você para almoçar aqui em casa, no sábado.

– Não conte comigo. Boa noite.

Cobriu a cabeça com um saco plástico e amarrou-o no pescoço.

Dentro em pouco, o retrocesso de sua vida começaria – era o fim. Talvez quem sabe... Não, não. Ejaculava a alma. Nada a lastimar.

PUBLICADO NA EDIÇÃO DE JANEIRO DE 1996

ELVIRA VIGNA

Izildinha fez um café e tudo continuou igual

ELVIRA VIGNA

Enquanto ainda não tinha como viver das letras, Elvira Vigna foi telefonista.

Com o tempo, a literatura e o jornalismo entraram em sua vida. Um caminho sem volta.

O primeiro contato com a literatura aconteceu na faculdade, no curso de literatura francesa da Universidade de Nancy, na França. De volta ao Brasil, no fim dos anos de 1970, fez mestrado na Universidade Federal do Rio de Janeiro e, em meados da década de 1980, deixou o País novamente para estudar desenho na Parsons School of Design, em Nova York. Passou pelas redações da Folha de S. Paulo, Jornal do Brasil, O Globo, Tribuna da Imprensa *e* Correio da Manhã. *O primeiro passo na literatura foi uma coletânea de livros infantis, escrita entre 1971 e 1983, que resultou em quatro volumes:* Asdrúbal, o Terrível; A Breve História de Asdrúbal, o Terrível; A Verdadeira História de Asdrúbal, o Terrível *e* Asdrúbal no Museu. *Escreveu para crianças até o fim da década de 1980, quando enveredou por universo totalmente adverso, o dos temas policiais. "Mas sem polícia explícita ou metaforicamente. São mulheres más ou sobreviventes", costuma explicar a autora carioca. Seus textos costumam trazer como elementos marcantes a mordacidade e a ironia.*

Izildinha fez um
café e tudo
continuou
igual

Izildinha fez um
café e tudo
continuou
igual

A calcinha torta de um lado e a boca também torta do mesmo lado. No espelho do banheiro ela passou um pente no cabelo – tem de parar de pintar, vai cair tudo – depois de ter fechado a porta do armarinho da pia. Foi assim, primeiro ficou olhando enquanto tirava a camiseta suada, aí reparou que a calcinha e a boca estavam tortas para o mesmo lado, dois viés, duas bainhas tortas, e no meio, ela, um simples vestido de alguém que ela já fora e que devia estar por trás daquela ali, de bainhas tortas.

Aí tornou a abrir o armarinho para pegar o pente, fechou e deu uma passada, sempre melhora, não melhorou. Fazer um tratamento com abacate e mel, dizem que melhora. Ela foi para a sala e sentou-se na poltrona.

No bar foi assim: hi, hi, e mãozinha dada em cima da mesa e mão boba-esperta embaixo da mesa e mais hi, hi, e olha só aquela ali, e mais alguma coisa que tinha acontecido durante o dia, e mais hi, hi, e tome chope, até que o assunto veio: "Escuta, claro, tem coisa que eu faria diferente, se fosse hoje, quero dizer."

Mas aí Izildinha ouviu um mosquito e é ruim de ficar parada, uma panaca, um pudim, ficar la parada na poltrona da sala escura, só a luzinha do néon do motel em frente, madrugada de cidade, madrugada qualquer, madrugada de cidade, madrugada qualquer, ela deu um tapa no ar, vai ver pegou, sorte também existe.

Mas, e o bar? No bar, como se no bar pudesse ter sido diferente do resto todo, não foi.

Mas o mosquito. E ela foi catar a espiral. E a pochete dele jogada ali na mesinha perto da porta, deve ter entrado e jogado na mesinha, e ela foi olhar o que tem dentro, no canto, dentro da caixa de fósforo, ele não ia ficar sabendo, tudo escuro ainda, a porta do quarto fechada. Mas nada. Já houve vezes em que havia coisinhas, restinhos, mas desta vez nada e então ela seguiu até a cozinha para pegar o fósforo – o da cozinha, a pochete do mesmo jeito que estava, intocada -, não que adiantasse muito, espiral.

Calor desgraçado, o suor fazendo caminhinho por baixo dos seios e a camiseta de dormir toda suada ainda na pia do banheiro, podia virar a máquina de lavar, mas o barulho com certeza iria acordá-lo e aí não. Depois, quando clarear. Aí sim, a folha de alface para a tartaruga, o gato que ia começar a miar, regar o trevo de quatro folhas, virar a máquina. E mais o café e o oi, oi, seco e seco ficará por mais dias e dias, outra vez.

"Trevo na cozinha?"

"É, uai, para o arroz não sair papa, para o bolo não solar, para o café não ficar aguado."

"Ah, então planta mais."

E riam.

Mas o caso é que ela tinha querido mesmo saber: "Que coisas?"

"Como, que coisas?"

"Que coisas você faria diferente?"

E aí foi ladeira abaixo: "Você sabe que coisas."

"Mas quero que você diga."

"Não começa, Izildinha."

Não começa, não começa... O problema não é de começo, imagina, um começo, como se desse para pensar em começo. O problema é de continuação. Não continua, Izildinha.

Mas vai continuar. Primeiro vai ser a alface, depois a máquina com a camiseta dentro que vai estar seca, bobeia antes das nove, e aí é dobrar para a próxima noite.

Nenhum cachorro. Tem sempre um cachorro de madrugada mas desta vez nenhum, o silêncio de fato uma parada, como se desse para existir, uma parada, stop (uma vez ela escutou uma mulher falar para um menino no shopping: "Stop, Ricardinho." Chique pacas). Mas sim, tudo parado, a única continuação vindo devagarinho no feitio de uma fome. Café? Depois a decisão, ainda dava para ficar ali, panaca, pudim, enquanto o vermelhinho da espiral ejaculava devagarinho o branco da fumacinha.

Vantagem adicional de café: melhora o gosto da boca. Izildinha falou baixinho, mais para descolar o lábio de cima do lábio de baixo, o torto, mais para ouvir alguma coisa, mesmo que um não-cachorro.

"Devia ter escovado os dentes outra vez, já que estava no banheiro."

Batata portuguesa, lingüiça frita na cebola e pão cortado, dois tira-gostos pedidos de uma vez só, o que queria dizer que ele estava a fim de gastar, o corpo jogado um pouco para trás na cadeira, esparramado, e dois chopes, por favor. E depois de uma pequena pausa: "Capricha nesta tirada de espuma." O que queria dizer: "Garçom, eu estou vindo aqui pela primeira vez mas sou freguês experiente, e não um otário que só sai de casa em sextas e sábados como esses outros aí das outras mesas." A cadeira tinha feito rrrrr no chão de cimento, toalha de papel, umas lampadinhas. "Está na moda", disse ele, aqui.

E se ela queria pastel também.

O jeans já estava apertado, mas a vida tem dessas coisas, às vezes tem de comer porque não adianta ser magra, uma ninfa, e não ser boa companhia e ela pegou mais uma batatinha e ele dizia:

"Já te disse isso uma porção de vezes, tem coisas que é claro que eu faria diferente mas você tem de entender o contexto, o cara que não faz essas coisas fica até malvisto, todo homem faz, é normal."

No fim da tarde, na hora em que ele disse "vamos dar uma saída", ela respondeu: "É, de repente", com cara de quem ia, mas sem muita vontade, nada de oba, nããão, nada de oba. Era a resistência dela, nem tão pudim e panaca assim. Foi assim, do tipo: "Podemos até ir, se você fizer questão." E aí foi trocar o tênis pela sandália de salto alto. Só assim, para não dizer que não tinha se arrumado. E o sutiã que levantava mais. E a blusa estampada daquele tecido que esquentava mas, paciência, o bar era aberto, tinha dito ele, não ia fazer muito calor, e ela disfarçou e enxugou a testa com a mão.

"Que coisas?"

Porque a lista era enorme, e aquele dia assim assim, e aquele outro, quando ele sumiu, e o lance daquela outra viagem, aquela primeira, e o papelão naquele dia na casa do pai dele, e tinha muito mais, mas era difícil lembrar assim de tudo de repente e daí a pergunta, que coisas, porque era bom que ele dissesse, ah, pois é, aquela coisa tal, pois é, foi mal. E também porque perguntando, que coisas, havia sempre a possibilidade de vir mais coisa ainda, que ela ainda nem sabia mas que devia haver.

E ela achou que ia colar. Ou não achou, mas quis arriscar. Afinal, várias horas de dengo, a mão, as roçadinhas, olhares, podia ter colado, mas não colou.

Seis chopes, ele. Três, ela. Por que ela estava contando? Ele não tinha nada que beber tanto se iam conversar. Então ela sabia que eram muitos mesmo antes de ele levantar, quando ficou claro que eram seis, oito, duzentos, porque bambeou. Mas se segurou no espaldar da cadeira e falou, vai tomar no cu, e aí se virou em direção ao banheiro.

Ela, de nome Izildinha, que era o nome de sua avó, continuou na mesma posição que estava, mas com o radar, alô, alô, radar operando!, sim, na mesa atrás, a mais próxima deles, a balbúrdia continuava, ninguém tinha ouvido. Deu mais um golinho e lá ficou até que ele voltou, a boca dele já ensaiando um meio sorriso de quem ia continuar: "Você também, hein, pára com isso, vamos ficar numa boa." Mas quando ele sentou, ela se debruçou para ficar bem perto do ouvido dele e falou na sua melhor voz de moça fina: "Meu nome é Izildinha, o mesmo da minha avó", se apresentava ela para os amigos dele, com a mesma voz de moça fina, a mão estendida, mole. Ele sentou e ela disse bem baixinho, tão fina, que ela tinha continuado ali não por ser uma panaca, um pudim, mas só para o garçom não ficar de perrengue achando que eles eram dois trambiqueiros, que um ia para o banheiro, a outra rumava para a porta, e babau pagamento e que então ela ficou esperando ele voltar do banheiro só por isso, pelo garçom, mas que agora ela ia embora, porque ela tinha educação de família, ela, e não ia ficar ali com um cara grosseiro como ele, que ela não era desse tipo de mulher. E já meio levantada da cadeira, acrescentou:

"Vou embora e, quem sabe, fazer o que você sugeriu."

E ele disse: "Bom proveito."

E na hora mesma que ela se virava em direção à porta ele chamou: "Garçom! Mais um aqui." E ela foi, a rua como sempre, impressionante como rua continua sempre como sempre, foi fácil seguir e pela Senador Vergueiro ela foi andando, noite calma, quente, mas o ouvido ligado no barulho do motor ou escapamento, sei lá, do carro dele, a distância, mas neca. Ela olhou todas as vitrinas para que ele, chegando de carro, parando no acostamento – ei, entra, deixa disso – não achasse que ela estava esperando que ele chegasse de carro, diminuísse a marcha e dissesse: "Ei, deixa disso." Não chegou. E quando ele afinal chegou, a porta da casa, bam, ela concentrou o olho no filme de legenda. Não gosto de dublado, costumava dizer ela, que tinha feito curso, que entendia, e às vezes ela se virava depois de rir sozinha e olhar para a cara séria dele: eles não traduziram direito.

E depois disso tudo, como sempre ele roncou e levou os safanões de praxe, porque isso ela já tinha estabelecido e bem estabelecido, que roncar não ia ser problema só dela, que era problema dos dois, e se ela acordasse, ele também ia acordar. E mais vários safanões até que ele virou, menos assim. Mas aí já a camiseta estava toda suada e a fome, não era bem fome, um certo enjôo, muita gordura no provolone frito, não devia ter comido. E aí foi isso. Agora era fazer um café, arranjar um pedaço de pão para esquentar no forno, acender outra espiral que essa já estava acabando, ir comer na poltrona em frente à janela e à luz do néon, esperando o dia clarear, o oi, oi, seco por mais vários dias, saco.

Latidos, longe. Um cachorro. Acabou que pintou um cachorro.

PUBLICADO NA EDIÇÃO DE FEVEREIRO DE 2003

HELOISA SEIXAS

Ritual

Heloisa Seixas

Antes de chegar à literatura, Heloisa Seixas passou pelas redações do jornal O Globo *e da agência de notícias UPI. Durante sete anos foi assessora de comunicação da ONU no Brasil. Para os que pensam que depois disso o mais natural caminho a seguir fosse assentar-se por trás de um computador na redação de outro diário ou revista, Heloisa contrariou as expectativas e aproveitou a chance de trabalhar por conta própria para autorizar de vez a entrada de uma velha paixão em sua vida. Era hora de deixar o lugar de porta-voz dos fatos para criar suas próprias histórias. Em 1995, publicou* Pente de Vênus, *seu primeiro livro de contos, e nos anos seguintes escreveu* A Porta *(1996),* Diário de Perséfone *(1998) e* Através do Vidro *(2001), todos publicados pela Editora Record. Também organizou e traduziu três antologias de contos góticos:* Depois – Sete Histórias de Horror e Terror *(de vários autores),* Visões da Noite *(de Ambrose Bierce) e* A Casa do Passado *(de Algernon Blackwood). Também participou da antologia de contos* 13 Maneiras de Amar, *da Editora Nova Alexandria, em 2001, junto com autores como João Silvério Trevisan, Silviano Santiago, Domingos Pellegrini e Bernardo Ajzenberg, entre outros. Atualmente ela voltou ao jornalismo, mas levou junto a literatura. Basta ler a seção* Contos Mínimos, *publicada semanalmente na revista* Domingo, *do* Jornal do Brasil.

Ritual

Sabia que era perigoso. Caminhar sozinha numa cidade assim, desconhecida, e ainda por cima num país árabe, sendo ela uma mulher, uma estrangeira, era um desafio ao imponderável, um sorriso de escárnio diante da sorte – mas não pudera evitar. Saíra, simplesmente. Num impulso.

Deixara o hotel bem cedo sem dizer aonde ia, sem deixar qualquer mensagem para os companheiros de excursão, sem esperar por ninguém e muito menos pelo guia que os levaria para o primeiro passeio pela cidade. Talvez – agora pensava – tivesse sido tudo premeditado. Na noite anterior, quando vinham do aeroporto, ela já falara de cansaço, mostrando uma indisposição que não sentia, talvez preparando o terreno, de forma ainda inconsciente. Para que, de manhã cedo, reunidos no saguão para o passeio, os outros não estranhassem sua ausência. Ela ontem parecia indisposta, diriam. Com certeza decidiu dormir até mais tarde e, por isso, não está atendendo ao telefone.

Riu alto ao pensar nisso, chamando a atenção de duas mulheres de xador que passavam por ela na calçada. Atravessou correndo a avenida larga diante do hotel. Os carros, alguns muito antigos, passavam feito loucos, cortando-se uns aos outros, como numa cena de perseguição no cinema. Não havia faixa de pedestres naquela esquina. Assim que se viu do outro lado, a mulher olhou para trás. Observou a fachada ocre do hotel, o toldo que abrigava os hóspedes da chuva e do sol, a bela porta de vidro e metal trabalhado. Ali estavam a segurança, o conforto, a previsibilidade. Virou-se e seguiu em frente, afastando-se.

Andou pela calçada estreita sem prestar muita atenção aos prédios e casas que se erguiam de um e outro lado da rua, como se fizesse questão de esquecer o caminho. Perder-se numa cidade estranha era uma velha urgência que a acometia, sempre. Uma compulsão. Precisava daquela sensação de resvalar através de uma fronteira, de tocar um território desconhecido, talvez inóspito. Se possível, inóspito. Seu coração batia num ritmo sensual, as mãos suadas agarrando-se à bolsa, o medo pinçando-lhe o estômago, poderoso afrodisíaco. Era como fazer amor com um desconhecido.

A rua por onde caminhava, embora não tão larga quanto a avenida do hotel, parecia ser uma artéria importante, por onde passavam mais carros do que pedestres. Não era o que queria. Precisava embrenhar-se por ruas menores, esbarrar nas pessoas, sentir nas pernas o roçar de suas vestes ao cruzar por elas, perceber-lhes o hálito, o cheiro de suor.

Já trazia as faces vermelhas e a respiração alterada quando parou de repente, atraída pelo aspecto de uma rua transversal à sua direita, sinuosa e escura. E entrou nela, o coração batendo como nunca.

Olhou para cima, ouvindo o ruído dos próprios passos no chão de pedra. As construções quase se fechavam acima de sua cabeça, tal a estreiteza da rua. Sorriu, com um arrepio, ao pensar que as paredes pareciam debruçar-se à sua passagem, para vigiar-lhe os passos. Como se elas, as paredes, soubessem que ali estava uma intrusa.

Adiante, a rua era cortada por outra, igualmente estreita. A mulher enveredou por ela. Tampouco ali havia alguém à vista. Alguns metros à frente, um gato rajado surgiu e desapareceu por um portal, único sinal de vida no emaranhado de becos escuros. Mas ela foi em frente, sem qualquer temor.

Só depois de vários minutos de caminhada foi que ouviu um murmúrio, ao longe. E, curiosa, caminhou na direção dele. Num bairro assim, sombrio e cortado de ruelas tão estreitas, devia haver, em algum lugar, uma praça. E nela, com certeza, estaria concentrada toda a atividade humana.

Aos poucos, foi percebendo que o murmúrio aumentava. E, embora ainda não avistasse ninguém na ruela em curva que agora trilhava, sentiu no ar a presença de um cheiro novo. Respirou fundo. Era um aroma forte, encorpado, que misturava iguarias e urina, cujo rastro, se seguido, daria por certo em alguma feira ou mercado ao ar livre.

Não se enganou. Em poucos segundos, desembocou na praça.

Parou, encostando-se a uma parede de esquina, as narinas dilatadas, os olhos lacrimejando. Passou a mão no rosto, piscou. Em contraste com a penumbra dos becos por onde caminhara, o espaço aberto feria com uma luz agressiva, quase irreal. Sentiu-se um pouco zonza. Mas não só por causa da luz. O cheiro, ou a mistura deles, era agora quase palpável de tão forte. A atmosfera estava impregnada de pimenta e açafrão, de suor de animais e homens, do cheiro acre do cobre, de tecidos e tapetes empoeirados. E havia também o odor abafado das mulheres, sob cujos véus escuros parecia palpitar uma vida secreta – proibida.

Ficou por um instante assim, encostada à parede, os olhos fechados. Agora prestava atenção também aos ruídos, ao clamor que se erguia da praça, algaravia incompreensível e hipnótica. Sorriu. Vão achar que sou louca, pensou. Mas é mentira. Disseram isso um dia, mas é mentira.

Com os olhos bem apertados, para que a claridade feroz da praça não penetrasse por entre seus cílios, concentrou-se nos sons e nos cheiros. Mais nos sons do que nos cheiros. Até porque, em meio ao burburinho dos mercadores e fregueses da feira, surgia agora alguma coisa nova, deslocada, um ruído surpreendente. Apurou os ouvidos. Prestou atenção.

Não havia dúvida. À sua direita, crescia um som agudo, coletivo. Levou algum tempo até conseguir identificá-lo vagamente, ou ao menos encontrar uma comparação na qual se encaixasse. Era como se dezenas de índios de cinema se aproximassem batendo a mão na boca em movimentos rápidos, prontos para o ataque. A imagem a fez rir, mais uma vez. Mas o som persistia, cada vez mais claro. E ela, sem poder mais resistir à curiosidade, abriu os olhos.

De um dos lados da praça, localizou a fonte do ruído. Parecia uma procissão. A mulher descolou-se da parede e deu alguns passos à frente, tentando ver melhor. Notou que as pessoas à sua volta faziam o mesmo e que o rumor dos mercadores baixava. A praça parecia preparar-se para receber em silêncio o estranho cortejo.

À frente, montado num cavalo ricamente enfeitado de borlas e pingentes coloridos, estava uma criança. Um menino. Vestia uma roupa de seda bordada, com pedrinhas que reluziam ao sol. Seus cabelos, escuros e lisos, estavam colados à cabeça e também brilhavam, com um tom avermelhado, como se tivessem sido banhados em hena. Em torno do menino, vinham, a pé, dezenas de pessoas, homens e mulheres, também em trajes de festa. Era da boca das mulheres – só das mulheres – que saía o estranho som de batalha, agora reinando único, ante o silêncio da praça. As mulheres estalavam as línguas contra a boca num movimento incessante, fazendo vibrar o som agudo emitido na garganta. Era inquietante ver aquelas línguas movendo-se febris, as pontas vermelhas como pequenas cobras que aflorassem dos lábios pintados de carmim escuro.

Mas a procissão não terminava aí. Atrás do primeiro grupo, vinha outro, depois mais outro e muitos mais, cada um se fechando em torno de uma criança montada num animal, com as mulheres sempre emitindo aquele estranho som tribal. Apenas a riqueza das roupas e o porte do animal variavam, provavelmente de acordo com as posses da família. Havia meninos montados em belos cavalos de raça, com seu pêlo reluzente e o andar compassado. Já outros iam em cima de burricos que mal sustentavam seu peso.

Mas eram muitos os detalhes comuns a todas as crianças. Não havia meninas, só meninos. Todos pareciam ser mais ou menos da mesma idade e estavam vestidos, se não com luxo, pelo menos com capricho. Traziam os cabelos emplastrados de hena e todos – este último detalhe a mulher observou agudamente – tinham o olhar perdido, vazio, como se estivessem sedados ou bêbados.

Hashish, disse uma voz atrás dela. A mulher virou-se. Um rapaz louro, de faces afogueadas e olhos de um azul transparente, conversava com um amigo na calçada. Haxixe? A mulher aproximou-se do estrangeiro e, em inglês, perguntou-lhe se sabia o que era tudo aquilo. Uma cerimônia coletiva de circuncisão, ele explicou. E as crianças tinham o olhar estranho porque, antes do ritual, eram sedadas com chá de haxixe para não sentirem dor.

A mulher agradeceu com um sorriso polido. E afastou-se. Para não sentirem dor, murmurou.

Deu outra vez uns passos à frente. No cortejo, aproximava-se agora um menino montado numa espécie de pônei, cujas patas pisavam o chão de pedra com enorme insegurança. Era um rapaz franzino e sua roupa, feita de tiras de algodão colorido, apesar de muito engomada, tinha costuras que revelavam já ter sido usada muitas vezes, quem sabe por irmãos mais velhos, em rituais anteriores. Mas, apesar de seu aspecto pobre, o menino tinha um porte altivo e um olhar ainda mais incendiado que os demais, como se delirasse.

Os olhos da mulher se fixaram nele. À medida que se aproximava, balançando sobre o cavalo de andar incerto, ela o observava cada vez com mais atenção, em concentração máxima, fascinada sobretudo por aqueles olhos absurdos, saltados, de córneas ressecadas, estriadas de veias. Era impossível dizer que cor teriam. Toda a íris fora contaminada pela pupila, que se tinha expandido como um tumor, ou uma galáxia. Presa na observação da criança, a mulher percebia seus próprios olhos se dilatando também e quase podia sentir a pupila que se abria em pequenos saltos. Sua cabeça agora girava, assim como as pessoas em volta, assim como a própria praça, com suas cores, seus cheiros e estranhezas. O único ponto fixo eram seus olhos, ancorados nos olhos do menino, enquanto em torno o estalar das línguas das mulheres crescia, tornava-se feroz, reverberando em estilhaços metálicos, que rodopiavam no ar, junto com tudo o mais.

Até que, de repente, alguma coisa se deslocou.

A princípio, a mulher não entendeu o que era. Lentamente, o menino virava a cabeça em sua direção, como se farejasse, como se a pressentisse. Durante um tempo desmesurado, seus olhos se moveram, caminhando para ela – até que a encontraram.

E, então, o menino sorriu.

Ela recebeu o sorriso como um golpe. Compreendeu.

Em sua alucinação, ele a reconhecera. Olhava-a com a certeza de que ali estava sua igual. Sabia – como só os loucos sabem – que a mulher havia transposto uma fronteira. Talvez sem volta.

PUBLICADO NA EDIÇÃO DE OUTUBRO DE 2001

LETÍCIA WIERZCHOWSKI

Desaparição

LETÍCIA WIERZCHOWSKI

Durante quatro meses do primeiro semestre de 2003, o Brasil inteiro ficou hipnotizado pelas vidas das sete mulheres da família de Bento Gonçalves, líder da Revolução Farroupilha, a mais longa guerra civil já ocorrida no País. Transformada em minissérie do horário nobre da Rede Globo, parte da história de A Casa das Sete Mulheres *– digamos a parte política – baseava-se em fatos reais. Mas todo o entrecho dramático, ou seja, o que era fictício, fantasioso, poético, heróico, sobrenatural, enfim, o que dava graça para segurar a audiência durante cerca de 120 dias, saiu da cabeça da escritora gaúcha Letícia Wierzchowski. Embora tenha um talento literário reconhecido pela crítica e já tenha obtido sucesso de público, aos 30 anos de idade a autora confessa ainda não conseguir conviver com as conseqüências da notoriedade. Com as críticas, por exemplo. "Não sou avessa a elas, são inevitáveis. Mas quando desabam pro lado pessoal, ou pra grosserias, eu fico dias à deriva. Sem escrever mesmo. Mas vou me acostumar." Antes de* A Casa das Sete Mulheres *(2002), Letícia publicou* EU@TE AMO.COM.BR *(1998),* Anuário dos Amores *(1998),* Prata do Tempo *e* O Anjo e o Resto de Nós *(2001). Em 2003 lançou* O Pintor que Escrevia. *E promete para breve* De um Grande Amor e de uma Perdição Maior Ainda.

Desa-
parição

Era uma vez uma mulher que foi perdendo os traços. Não a perda costumeira e cotidiana, o tenaz assalto que o tempo faz a qualquer das mulheres deste mundo, quando lhes avilta a vivacidade do sorriso, a curva exata do queixo, o leve e perfeito arco das maçãs do rosto. Os traços da mulher desta história perdiam-se por outros caminhos que não o da idade e, se lhe iam amansando os brilhos loucos do olhar e, se, paulatinamente, também os seus contornos iam enveredando pelo desfiladeiro sem fim da maturidade, outra e maior revolução a assaltava.

Nos últimos tempos, ao olhar-se no espelho pela manhã, enquanto escovava os dentes ou aplicava um dos cremes contra o fatídico, ou penteava seus cabelos, por alguns instantes, seu reflexo se perdia no aço. Por uma fração de segundos, ao fitar a superfície do espelho, a mulher não se via. Cruelmente, estavam ali os mesmos móveis de sempre, eles sim refletidos como ontem e antes ainda, eles sim reproduzidos em arestas, cores e texturas exatas. Para eles, infalível, o espelho; para ela, o nada.

Assustou a muito essa desaparição. Seus dedos num ato reflexivo correram para o rosto, como para certificarem-se que ainda o tinham ali: para que servem dedos onde feições não há, para que as mãos, os braços, o tronco encimando tudo isso se não há rosto, não há sorriso, não há olhar? Mas ali estava sim o rosto, o mesmo rosto que durante tantos anos ali estivera, com seus risos e suas lágrimas. Os dedos desabaram para seu posto, subitamente confusos: mentia o espelho ou mentiam os olhos?

A mulher deixou de lado muitas e muitas vezes essas questões matinais sem ter coragem de dizer ao marido que não se via ao espelho. E havia dias, para seu grande alívio, em que seu reflexo vinha prestigiá-la como outrora. Assim viveu ela por muitos meses, imaginando-se adoentada de tudo, perscrutando em detalhes a sua rotina, o seu organismo, a sua alma. Sumia por quê, afinal?

Certa noite, teve um sonho. Era uma geladeira em meio ao deserto. Sob o sol escaldante, fabricava seus pequenos invernos glaciais. Em volta de si, as criaturas morriam de calor, inundadas por tempestades interiores que iam pouco a pouco lhes roubando a vida. E ela ali, a pequena geladeira, quantos alívios tinha a oferecer, a água gelada, fresca, que consolo para os ardores, que lenitivo para a sede daqueles corpos cozidos por um sol imperioso. Mas não vinham até ela, essas pessoas, nenhuma ousava bolinar seu trinco, penetrar em seu oásis de frio, tirar dali um pouco daquele gelo que lhe sobrava. Assim ficou a geladeira, empedrando-se por dentro, enquanto a tantos poderia ser útil. Invernos desperdiçados no deserto daquele sonho.

Nesse dia, a mulher despertou assustada e fria. Correu ao espelho e o que viu foi pouco mais do que a sombra dos seus cabelos, um sopro pálido de fios castanhos que roçavam o espelho como um adeus. Soube então que sumia. Assustada, pediu auxílio ao marido.

– Que houve? – quis saber ele, ao ouvir o seu nome com tanta ânsia, e entrou no banheiro ainda de pijamas.

– Você me vê? – perguntou ela, no mesmo instante. – Me vê como sempre me viu, olhos, cabelos, boca, nariz, pescoço, colo, pernas e tudo?

– Dormiu bem? – o marido estranhou muito aquela angústia. – Fique calma, vejo você inteirinha. Olhos, cabelos, boca, nariz, pescoço, colo, pernas e tudo. Mas por quê?

Ela correu de volta ao quarto e atirou-se na cama. A verdade insuportável ardia como um tapa.

– Pois eu não me vejo – respondeu. – Sinto-me apenas, mas não vejo. Ainda ontem, via meus dedos, minhas pernas, meus braços. Faz tempo que não vejo meu rosto, mas o resto ainda via, até ontem.

O marido era um sujeito calmo, desses que não se assustam por pouco. Sentou-se ao lado dela e, tomando-lhe a mão entre as suas, foi dizendo que tudo passaria logo, talvez fosse um problema de vista, apenas, ou, quem sabe, um distúrbio psicológico. Talvez devesse procurar um terapeuta.

– Os outros a vêem, querida – disse o esposo, calmamente –, isso é o que importa.

– E eu, nunca mais me verei? – seu medo era latente. – Será que um dia terei de ir em busca das minhas próprias fotografias para que eu me relembre? Será que me perderei para sempre no labirinto da memória? E, se os outros me vêem, mas eu não vejo a mim mesma, como hei de ter certeza de que de fato existo e que não sou apenas aquilo que eles querem ver em mim?

O tempo urgia, de modo que o marido deixou-a com as suas dúvidas, prometendo voltar a vê-la na hora do almoço. Até lá, pensaria em algo. A mulher aquiesceu, pedindo apenas que ele a ajudasse a vestir-se, porque não enxergava os pés nem as pernas. Assim, com o auxílio dele, em pouco tempo estava pronta.

Sozinha em casa, a mulher andou de peça em peça como numa procissão sem fiéis. Viu as coisas, uma a uma, em seus lugares, a cadeira de mogno, onde tantas vezes sentara-se para ler um livro, ali estava, perto da estante, com seu estofamento negro, de couro, a mesma cadeira de ontem, sólida, neutra; viu os quadros em suas paredes, coloridos uns, tristes e pálidos outros, mas sempre coloridos os que tinham cores e apagados os brumais, porque assim tinham nascido e assim haveriam de permanecer – eram os desígnios.

Imutáveis quadros, coisas inanimadas, cuja certeza de existir era tão clara e tão sólida quanto a madeira que lhes dava sustento. Desejou então ser apenas uma mesa, um abajur, uma poltrona gasta pelo uso. Da sala, foi ao quarto, à cozinha e ao escritório, percorrendo canto por canto, coisa por coisa, caneta, tinteiro, caderno, almofada, janela, televisão, livro, chinelo. Cada um com a sua função – respeitados os graus de importância na hierarquia da casa, tudo ali era muito preciso. Um quadro só servia por seu prazer, pela beleza ou pelo sentimento que proporcionava, assim como um abridor de latas tinha a sua utilidade única, nem maior nem menor do que a de um quadro: impossível seria ver o pequeno e desengonçado utensílio pendurado na sala de estar, tanto quanto serviria o quadro para abrir uma lata de picles.

– E eu?

Essa pergunta a corroeu por muitos dias.

Era uma vez uma escritora que sumia pouco a pouco, entre seus quadros, livros, canetas e abridores de lata. A cada nova manhã, enquanto escovava os dentes com pasta dental e angústia, via que um detalhe de si havia desaparecido. Não que os outros notassem, para os outros era ainda a mesma que sempre fora, mas dentro de si, no lugar ermo em que habitavam as suas histórias, alguma coisa mudara. Afastavam-se mais e mais os dois mundos, o real e o irreal, pairavam, paralelos e inalcançáveis como dois pássaros em seu vôo.

Agora já não mais se buscava no espelho. Aprendera com os personagens que criador e criatura viviam juntos o mesmo drama. Eram cativos das histórias. Vivia por eles, como eles viviam por ela. Quanto menos lidas fossem as histórias, mais brumosos eles ficavam. No entanto, bastava um par de olhos e uma alma para ressuscitá-los de seu sarcófago de páginas, e tudo então adquiria a sua forma original: coisas, personagens e pessoas. Pois não era o faz-de-conta uma coisa que vivia dentro de cada um? Como um abridor de latas em sua gaveta, entre facas e colheres, somente salvo dali quando a urgência de um pote de ervilhas o chamava? Então existia por uns poucos instantes, era algo, vibrava, cumpria sua função. Depois, a gaveta, o escuro.

Com o tempo, deixou de sofrer tanto por sua existência inquietante. Andava pela rua sem sentir-se, flanando feito uma folha no outono, volitando, a graça e a dor de ser nada misturavam-se em seu sangue. Todos a viam, mas os espelhos continuavam desertos. Pela manhã, ritual que se tornara amoroso, o marido a vestia e a relembrava:

– Seus olhos são negros, sua pele é clara, seus cabelos são dourados.

– E minhas mãos?

– São graúdas, longas.

Todo dia, reaprendia-se. Era como aquelas pessoas que lêem um livro e, no dia seguinte, para que se recordem da história, começam a leitura da página anterior à que haviam parado.

PUBLICADO NA EDIÇÃO DE AGOSTO DE 2002

MARCIA DENSER

Reflexos

M,

MARCIA DENSER

Sou paulistana de quatro gerações: meu tataravô, Norbert Denser, foi um berlinense que deixou a Alemanha por volta de 1850. Casou-se com uma das Borba, filha ou neta do bandeirante Borba Gato, aquele da estátua. Meu avô paterno, Antonio de Borba Denser, casou-se com Carolina Miceli, donde papai, passou a assinar Durval Miceli Denser. Contudo eu e minha irmã, Maria Teresa, optamos por um único sobrenome: Denser.

Como escritora a cidade é meu campo de ação. Desde tempos imemoriais, a cidade é um símbolo feminino, então compreende-se por que as estátuas de deusas-mãe ostentam coroas em formas de muros, como a Diana de Éfeso. Minha personagem Diana Marini é uma representação de São Paulo, em Welcome to Diana*; ela dá boas vindas ao leitor (em inglês, posto ser cosmopolita), seu lema é seduzi-lo – para melhor devorá-lo! Reuni os primeiros contos aos 24 anos quando publiquei meu primeiro livro. Era gás puro e duma coragem quase suicida. As pessoas me olhavam de forma estranha, não conseguiam me situar. Tratava o erotismo duma forma um bocado descarada e, ao mesmo tempo, aquilo era literatura. Nem Clarice, nem Cassandra – o que não deixava de ser um escândalo. Mas eu não ia ficar descrevendo baratas metafísicas, por Deus que não, tampouco defender um moralismo pelo avesso, nem um feminismo de fachada.*

Vinte e cinco anos e oito livros depois, continuo odiando qualquer tipo de extremismo e me permitindo qualquer exagero. Homens e mulheres me olham com uma espécie de inescrutável repugnância. Afinal, não sou rica, nem famosa e nem pilantra como Jacqueline Onassis. Tampouco grande dama como dona Raquel de Queiroz, de fardão e tudo. Apenas uma escritora em processo que já se expôs o suficiente e por várias Grandes Damas e Variadíssimas Grandes Vaconas: aquela que lava todas as calcinhas do mundo. *(Marcia Denser)*

Reflexos

Reflexos

Reflesos

(para Filadélfia Jones, onde quer que você esteja)

Marco,

Hoje abri a janela para o domingo chuvoso e inerte. Entediada, liguei o computador onde uma jovem marquesa triste molhava a pena e começava uma carta:

"M,

Chove esta manhã. Não obstante o tempo, será impossível mandar selar Juno. Quando desci ao pequeno salão, fui informada por Artémise que Mme. Berthe mandara Lorin à Meséglise, de onde só retornará à noite. Creio não ser possível nos avistarmos no local combinado. Prevejo um serão melancólico com o senhor cura e M. de Charlus a jogar gamão, e Berthe, minha carcereira, vigiando os postigos. Como sofro ao saber-te tão próximo e inatingível. Desgraçadamente, partiremos amanhã para Ostende. Estaremos separados durante todo o verão sem o derradeiro consolo de uma despedida. Nuvens carregadas me afligem com maus presságios ,todavia tu não mereces que te faça sofrer. Manda a razão dizer-te que estás livre mas meu coração é teu prisioneiro. Basta por ora, meu amigo, Berthe se aproxima..."

Marco, presumo que você saiba que a carta da marquesa é essencialmente igual à minha, embora também desta vez eu me escondesse por detrás do estilo rococó de espartilho e anquinhas, através do qual todo sentimento humano soa frívolo e melodramático. Como se a autora os ignorasse quando, no fundo, tem medo. Meus múltiplos disfarces já não te divertem mais. Aos reflexos do que não sou, você responde com suas próprias imagens deformadas.

Lembro do que disse naquele dia de fevereiro – lembro-me bem porque o sol fervia e Cortázar havia morrido –, obrigando-me a ouvi-lo, a te encarar frente a frente: Cortázar que vá para o inferno! Onde está você? Está aí, e me sinto só, entende? Sei que não estou sendo objetivo, mas veja: você está em cima, embaixo, atrás, na frente, mas não ao meu lado, ao meu lado nunca. E seus punhos esmurravam as paredes quando era minha cabeça que você queria quebrar para enfiar um pouco do teu desespero lá dentro. Lá, onde se pressupõe que viva a compreensão, lá, onde mantenho aprisionada uma andorinha ferida embora ela se debata e bata e me atordoe e enlouqueça.

Não sou a marquesa encerrada em seu castelo pela governanta, pelo mau tempo ou por um cavalariço, nada impede que eu tire o carro da garagem, recapitule o itinerário, o traçado de ruas e avenidas que em quinze minutos me fariam estacionar em frente à tua casa, debaixo da árvore de flores amarelas cujo nome não sei, buzinar até que teu belo rosto jovem apareça no terraço, rever tua expressão de resignado desgosto, te pressentir descendo as escadas com brusca lentidão a contragosto dos teus próprios passos que lentamente atravessariam o jardim, detendo-se do lado de dentro do portão com os antebraços apoiados na grade numa tentativa de sorriso que os lábios não obedeceriam. Trocaríamos cumprimentos à distância, talvez eu dissesse que passava por acaso ou talvez não dissesse nada; educadamente perguntaríamos pela família, pelo trabalho, pela saúde, pelos amigos, acrescentando comentários a respeito das próximas eleições, da catástrofe do México, do último filme e até da meteorologia, sempre tão incerta, aí talvez você arriscasse um elogio falsamente bem-humorado sobre meu corte de cabelo que eu retribuiria com um sorriso complacente (aquele que você detesta), acendendo um cigarro enquanto buscavas teu maço no bolso, retesando o frágil arco do silêncio até que presumivelmente eu o rompesse com um soluço, um palavrão ou uma súplica, cedendo ao impulso de estilhaçar este muro de vidro a que chamamos realidade e boas maneiras e tanta cordialidade, para, mais uma vez, encontrar do outro lado a máscara sem rosto da tua infinita, obstinada negação.

Levanto a cabeça e, debaixo das lágrimas, vejo a chuva, o domingo, às duas da tarde: não, não sou a marquesa, não me é permitido padecer de irrealidade. Mas continuarei tentando.

Saio e ligo o carro. A cena martela meu cérebro: teu belo rosto, o desgosto resignado, um ramo de flores amarelas, tuas pernas lentamente, a tua boca, a tua boca insuportavelmente formando palavras que você não quer dizer e eu não quero ouvir, e mais uma vez o silêncio das palavras não ditas, dos gestos desfeitos, o muro de vidro que um dia atravessarei quando abandonar a marquesa, o sorriso complacente, minhas medalhas de religião, uma cicatriz que deformou minha alma, minha inteligência, minha cultura, meu saldo bancário, meu prestígio, sobretudo meu prestígio, mas que importa tudo isso se conseguir atravessar os espelhos e passar para o outro lado, para dentro do teu abraço, finalmente libertando a andorinha.

PUBLICADO NA EDIÇÃO DE MAIO DE 2002

MARIA ADELAIDE AMARAL

Breve diário de um breve amor

MARIA ADELAIDE AMARAL

Meados da década de 1970. Por conta de mais uma crise econômica, as redações da Editora Abril são invadidas por fortes especulações. A ameaça de uma demissão coletiva espanta a todos. Diante do perigo, as reações eram das mais diversas. A de Maria Adelaide Amaral, que na ocasião redigia livros e fascículos, foi a de chegar em casa à noite e descrever o clima tenso do trabalho em forma de texto teatral. O produto final, resultado de uma madrugada em claro, viria a se chamar A Resistência. *Um dos primeiros a ler a obra, o crítico Sábato Magaldi proclamou: "É teatro, e do bom." De lá para cá, Maria Adelaide não deixou de conquistar novos espaços. Já em sua estréia literária, com* Luísa – Quase uma História de Amor, *de 1986, recebe o Prêmio Jabuti. Quatro anos depois está na televisão como co-autora da novela* Meu Bem, Meu Mal. *Torna-se uma das mais cobiçadas escritoras brasileiras, produzindo minisséries aclamadas pela crítica e público:* A Muralha, Os Maias *e a recente* A Casa das Sete Mulheres *(ao lado de Walter Negrão). Escreve diversas peças:* Bodas de Papel, De Braços Abertos, *adaptação de* Evangelho Segundo Jesus Cristo. *Sua mais recente,* Tarsila, *trouxe a biografia da pintora modernista Tarsila do Amaral aos palcos, tendo a atriz Esther Góes como protagonista. No momento trabalha numa nova minissérie tendo os modernistas como motivo e tema para falar dos 450 anos de São Paulo. Quando questionada sobre por que escreve, e tanto, responde: "É um impulso imperioso. Sou absolutamente incompetente na prática da arte do ócio."*

Breve diário de um breve amor

23.04

Quarenta e seis anos esta noite.

Simbólico o gesto de apagar do computador as cartas trocadas entre mim e R., quando ele vivia em Boston e éramos apenas bons amigos. Hoje à tarde falamos ad nauseam sobre os últimos acontecimentos. Admissões de culpa recíproca. Observações e recriminações sobre o comportamento um do outro. R. é louco não porque explode, mas porque não sinaliza a explosão.

– Você é uma esnobe – ele gritou pra todo mundo ouvir no restaurante.

Tudo isso porque eu tinha comentado que há apenas duas mil pessoas que interessam, em Boston, São Paulo ou qualquer outro lugar.

– E você, é claro, faz parte desse seletíssimo grupo.

– Você também – respondi.

– Eu não faço a menor questão!

Ele ainda conserva uma alma comunista e eu vejo o ser humano de uma maneira abominável.

– Por que se coloca sempre num plano superior?

Fiquei tentada a perguntar se não ele que se colocava em plano inferior. De qualquer maneira, foi desconcertante ouvir que sou uma esnobe, eu que sempre fui a favorita das telefonistas, secretárias, recepcionistas, faxineiras, empregadas e auxiliares em geral. De modo geral me acho tão simples nas coisas fundamentais.

25.04

Contatos amenos com R. que, pelo telefone, disse que me adora e tudo, só acha que me sinto superior à humanidade. E pediu:

– Esqueça o papo de anteontem.

– Já esqueci, mas será que o maître daquele restaurante vai esquecer?

– Estou pouco me lixando pro maître. Quero saber de você. Se já me desculpou.

Vontade de dizer: quer saber de uma coisa? Acho que sou mesmo superior, porque já dei o incidente por encerrado. Mas ele se antecipou dizendo que eu era uma pessoa saudável e pessoas saudáveis não alimentam ressentimentos.

– O que é ser saudável? – perguntei.

– É gostar de si mesma. Você gosta mais de você do que eu gosto de mim.

Isso provavelmente é verdade, mas R. ignora a batalha travada a duras penas comigo e com tudo que me cercou para chegar a gostar tanto de mim. Meu background não é melhor que o dele. Construí a mim mesma, peça por peça. Apenas perguntei:

– Que espera que eu faça quando critica minha superioridade? Que eu abra mão da minha auto-estima?

– Não. Quero que você abra mão desse seu orgulho idiota.

Me lembrei daquela música do Lupicínio Rodrigues, embora o orgulho não tenha sido a maior herança que meu pai me deixou. O velho, de fato, só me legou a extrema dificuldade de lidar com o sexo masculino.

02.05

Mais de uma semana sem notícias de R. Imagino-o com outras, ou reconduzido ao lar doce lar pelas mãos espertas da ex-mulher. Me dei conta de que R. vem ocupando espaços outrora preenchidos por outros amigos. Como R. preenche minha vida de muitas maneiras, a maior parte das coisas e das pessoas perdeu o sentido e/ou foi relegada a segundo plano. Ontem me vi de mãos vazias. Sem perspectiva de qualquer outra coisa que não fosse ausência, saudade, intolerável vazio. Nem a minha feroz resistência à dor conseguiu diminuir o meu espanto. Por que não teve a gentileza de dar ao menos um telefonema nem que fosse para dizer:

– É o seguinte, meu bem. Entre nós tudo acabado.

Melhor dizer adeus do que viver esta angústia. Vontade de ligar pra ele e dizer:

– Olha aqui, não foi nada disso que eu planejei. Se é pra ser assim, então não quero mais. Eu preciso assumir o domínio dos meus sentimentos outra vez! Não suporto mais que você tenha o poder da vida e da morte sobre mim!

Depois acalentei a idéia de ir pra Paris. Ou Londres. Mas imediatamente fui assaltada pelos versos daquela música do Aznavour, *Que c'est Trite Venise*. Veneza, Londres, tanto faz. Apesar dos fervilhantes, fabulosos planos de viagem, a dor me acompanha a qualquer lugar.

05.05

Foi pra fazenda do amigo por isso não ligou. Não havia telefone, ele só se comunica pelo rádio quando vai lá.

De fato esta relação com R. está tendo algum sentido pedagógico. A única maneira de lidar com isso é vê-lo como um ser muito diferente de mim, a quem devo entender em vez de me magoar com os gestos que ele não faz e com as frases que ele não diz. Talvez a solução seja essa: aceitá-lo como é, e ele me aceitar como sou, inclusive com minha porção mulherzinha. E por mais difícil que seja reconhecer no espelho essa face menor, é melhor aceitá-la que negá-la, assumindo atitudes de lady como sempre fiz. O quê? Eu magoada? Imagine!... Enquanto recolho discretamente os destroços do meu coração.

– Por que não diz isso pra ele? – perguntou hoje minha analista.

Porque como você mesma vive repetindo, homem é fóbico de sentimentos, emoções, e principalmente relacionamentos conseqüentes.

– E você não?

– Acho que não. Mas não vou entregar o meu ouro ao primeiro bandido que aparece.

– É assim que você o vê, como um bandido?

– Um pouco – respondi. Mas, afinal, ele não é o primeiro.

Depois a dra. Lúcia comentou ontem que é muito difícil tirar a caca do nariz na frente do outro. Difícil confessar carências, fragilidades. Mas se eu me desnudar, estarei contrariando a imagem que ele faz a meu respeito. Medo. É essa a palavra. Medo.

07.05

Companhia, conversa, cumplicidade, perplexidade, ternura, cama sofrível. Entretanto, que falta vou sentir de tudo o que vivemos esta tarde.

09.05

O horóscopo da *Harper's Bazaar* me avisa que as coisas podem mudar subitamente. Parceiros que um dia tive na palma da mão agora parecem distantes.

Mas isso começou a acontecer no mês passado.

12.05

Ontem no caminho pra casa pensei numa frase que ele me disse no início da nossa relação, depois de uma noite de Woody Allen e papo inteligente:

– Vai ser muito difícil namorar outra mulher depois de você.

Realmente a dra. Lúcia tem razão: não dê muito peso a certas frases. A maior parte das coisas só tem importância no momento em que são ditas.

15.05

Acho que este caso está mesmo com os dias contados. Fiquei muito mal o dia inteiro, já elaborando a perda. Estou pressentindo, pelo modo de R. se esquivar, que ele está a fim de cair fora.

17.05

– Que tal a gente terminar? – propus ontem durante o jantar.

– Por quê? – R. perguntou surpreendido.

– Está legal pra você?

– Hoje está.

– Eu não quero isso. Hoje. E amanhã? Eu não sou tão zen. Eu quero e preciso do sentimento de permanência!

– Nada é permanente – ele respondeu.

– A nossa amizade pode ser. E é isso que eu estou querendo salvar.

– Tolice – ele falou.

– Tolice é a gente continuar uma relação que não é nada.

– Como não é nada? – ele perguntou.

– É paixão?
– Não – respondeu prontamente.
– Amor?
– Acho que não.
– Nem amizade mais. Então...
– Você quer terminar?
– E você também – eu disse com um suspiro.
Liguei agora há pouco, e ele atendeu abatido.
– Aliviado? – perguntei.
Se sentiu ofendido.
– Aliviado, não. Triste...
Difícil entender esses caras.

29.05

Saímos ontem depois de um longo tempo sem nos vermos.
– Ainda triste? – perguntei.
– Não acreditou que fiquei triste porque terminamos?
– Não – respondi – por absoluta falta de antecedentes que me fizessem crer que você sentiria a minha falta.
– Quer uma declaração de amor, é claro. Vocês são todas iguais.
E reiterou que, apesar de algumas frases que me disse, nunca esteve apaixonado por mim.
– Nem eu por você. O que é paixão? Sinônimo de sofrimento. Paixão e morte de Nosso Senhor Jesus Cristo. Lembra?
Vontade de dizer: o que eu tinha com você no início era melhor que paixão. Era o que os franceses chamam de *amitié amoureuse*, uma rara camaradagem com direito a sexo. Vontade de dizer que durante algumas semanas tive a sensação de que finalmente tinha encontrado o cara certo e juntos havíamos chegado a isso que chamam de maturidade afetiva. Mas não disse. Apenas deixei meu olhar repousar na chama da vela que havia entre nós e fiquei em silêncio. Me ocorreu levantar e ir embora, com a majestade ofendida de uma drag queen. Pensei em dizer alguma coisa bem rude, ou bem dura, mas isso não teria impacto, sequer o da novidade.
Um dia, na segunda semana do nosso caso, ele me disse que havia amores necessários e amores contingentes. O nosso era um amor necessário.

– Já li essa frase em algum lugar – eu tinha respondido com alguma ironia, um pouco me defendendo do encantamento da declaração.

– Eu estraguei tudo, não é? – perguntei ontem me lembrando dessa e de outras lamentáveis observações.

– Pensando bem, não havia muito o que estragar – disse ele um pouco se defendendo da minha desolação.

É. Parece que eu e ele fazíamos leituras diferentes da mesma relação.

01.06

Hoje de manhã, me olhando ao espelho, me senti velha e feia. The sparkle in my eyes was gone, como naquela música de Billie Holiday. Gostaria de recuperar isso que perdi. Se não com ele, com outro qualquer, pensei. Depois de um leve rubor pelo desavergonhado cinismo desse pensamento, olhei para mim no espelho e corajosamente me encarei:

– É isso. Visão utilitária, por que não? Preciso arrumar um namorado.

Antes da paixão os seus motivos, como estava escrito nas *Novas Cartas Portuguesas*.

PUBLICADO NA EDIÇÃO DE JANEIRO DE 1995

NÉLIDA PIÑON

Fantasia masculina

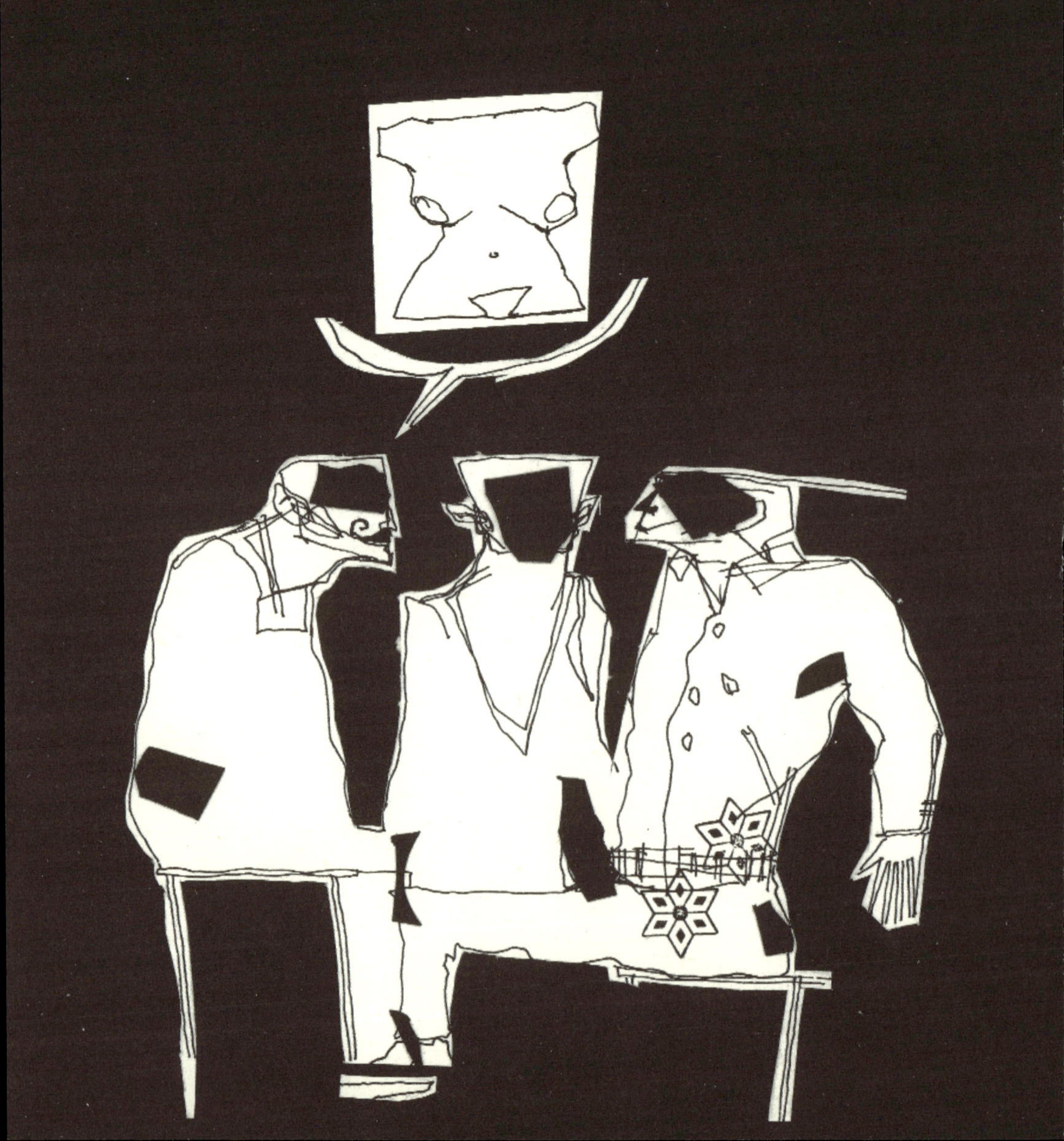

NÉLIDA PIÑON

É jornalista, romancista, contista, professora e aluna atenta da vida. Carioca de Vila Isabel, a autora foi eleita em 27 de julho de 1989 para a cadeira número 30 da Academia Brasileira de Letras (ABL), na sucessão de Aurélio Buarque de Holanda. É a primeira mulher em cem anos de existência da ABL a integrar a diretoria da entidade e a única a ocupar a presidência da chamada Casa de Machado de Assis, em 1996. Sua estréia na literatura foi com o romance Guia-Mapa de Gabriel Arcanjo, *publicado em 1961, que trata do tema do pecado, do perdão e da relação dos mortais com Deus através do diálogo entre a protagonista e seu anjo da guarda. Ao longo de mais de 35 anos de carreira, Nélida – cujo nome é um anagrama do nome do avô, Daniel – vê na capacidade de escrever a chance de se comunicar com vários tempos e lugares. A busca do pensamento universal tendo os pés encravados em suas raízes, que, por sua vez, são muitas: sua família é originária da Galiza, ela é radicada no Brasil e o mundo a recepciona repetidas vezes para palestras, cursos e prêmios. A autora defende um princípio de uma globalização intelectual e artística justa. O que, para ela, representa a força motriz que a leva a anotar cada pensamento seu, sempre pensando sua própria figura como um "eu" narrativo que, sonâmbulo, perambula curioso, como ela mesma diz. Em 2003, recebeu o Prêmio Internacional Menéndez Pelayo, na Espanha. Novamente uma distinção especial à autora: ela tornou-se a primeira mulher e o primeiro autor em língua portuguesa a receber a premiação.*

Fantasia Masculina

Fantasia Masculina
Fantasia Masculina

Sentados no bar do aeroporto de Miami, eles modelavam uma forma no ar. O gesto rústico e imperfeito correspondia certamente às sinuosas linhas do corpo feminino. A malícia, aliás, estampada nos rostos desses três homens, conformava minha suspeita. Acerquei-me disposta a dar-lhes atenção. Tinha todo o tempo do mundo, e estava disposta a gastá-lo com aqueles machos latinos, que usavam o espanhol para dar publicidade a sua volúpia. Como se só no idioma de origem, exprimissem o que lhes ia na alma. A fantasia que se incendiava à passagem de cada dama. Embora o ritmo veloz dos seus passos lhes roubasse a modulação sensual do corpo.

Ao líder do grupo, o primeiro homem perguntou: – Que tal esta argentina? O outro fez uma pausa. A resposta devia lubrificar o desejo do amigo. Este mesmo desejo que os atacava a qualquer hora com a petulância do instinto.

Eu quase não respirava. O que o homem corpulento pronunciasse devia ajudar-me a compreender a humanidade. Ele acariciou o bigode vasto, tardando em responder. Desconsolado, levou a mão ao alto. Acaso mantinha-nos aflitos com a intenção de fazer-nos crer que suas futuras palavras teriam a propriedade de redefinir o universo da carne? E que o gesto recente, embora banal, era de rara concisão? Mas que logo nos compensaria com vertiginosa fala escatológica oriunda das feiras populares, dos bordéis? Quando usaria expressões capazes de traduzir o modo pelo qual os seres humanos, ao longo dos séculos, encharcam-se sempre na agonia da carne?

O primeiro homem insistiu. Sua sorte dependia daquela argentina que na fúria do tango prometera-lhe arrancar as vestes para vê-lo desnudo e indefeso. O líder rendeu-se, então, às definições: – São quase todas altas e vestem-se com trajes escuros. E demonstrou imediato desgosto pelas mulheres que, nascidas no continente latino-americano, eximiam-se de dar provas públicas de sua sensualidade.

– E são brancas? – insistiu o primeiro homem, com a aquiescência taciturna do terceiro, – Brancas como leite. Naquelas bandas o sol chega sem força. Não queima. Por isso a cama é fria. Ele falava como quem percorrera o Hemisfério Sul, levado por exacerbada sensibilidade fálica. E introduzira-se nas partes vulneráveis do corpo humano para ali recolher as provas da febre perversa que o amor enlouquecido sempre engendra.

Naquela tarde em que as hordas passavam apressadas na ânsia de pegar seus aviões, esses homens degustavam os órgãos femininos como tira-gostos. Batizavam-nos com nomes exóticos, incompreensíveis para mim.

Sem qualquer gozo ou impudicícia no rosto, deixavam-se estar ali entre os mortais. Queriam à força esquecer os reclamos familiares que lhes cobravam as moedas do suor.

Ao haverem, contudo, recuperado uma oratória proibida, compraziam-se com vigor do corpo que fremia sob o impulso da ilusão. Assim, o ardil do sexo, que lhes chegava através das palavras obscenas, era inofensivo. O que dissessem feria somente a eles, à sua impotência dissimulada.

A libido dos homens expandia-se agora à evocação do Caribe. Afirmavam, com veemência, que só a mulher daquelas pátrias fazia estremecer as entranhas de um homem. Nenhuma outra geografia inspirava-lhes tanto ardor. Para aqueles homens os exercícios descritivos das intimidades femininas significavam a construção de um céu a que se acedia sem mistérios. Era suficiente instalar-se entre os lençóis da luxúria para alcançar o prazer. Sem dúvida um prêmio que consistia em repartir com os amigos a história nunca secreta de sua intimidade.

PUBLICADO NA EDIÇÃO DE DEZEMBRO DE 1996

rENATA pALLOTTINI

Alegria

RENATA PALLOTTINI

Nasceu em São Paulo onde fez seus estudos preliminares graduando-se em Direito pela Faculdade de Direito de São Francisco, da Universidade de São Paulo. Em seguida formou-se em Filosofia pela Pontifícia Universidade Católica de São Paulo. Interessada pelas artes dramáticas, somou a seu currículo o Curso de Dramaturgia da Escola de Arte Dramática de São Paulo (EAD), da USP. Freqüentou cursos de Literatura e Língua Espanhola, além de cursos de História da Arte na Universidade de Madri, Espanha. Ministrou cursos em Roma, Itália e no Peru. Em Cuba freqüentou a Escuela Internacional de Cine y Televisión e vários outros centros estudantis e de aperfeiçoamento. Foi a primeira presidente da Associação Paulista de Autores Teatrais (APART) e diretora da Escola de Arte Dramática de São Paulo (EAD/USP). Poeta, dramaturga, novelista e roteirista de TV, Renata recebeu inúmeras distinções por seus trabalhos, como por exemplo Prêmio Molière, Anchieta e Governador do Estado, por sua obra em teatro; o Prêmio Jabuti de Poesia; e o prêmio da Associação Paulista de Críticos de Arte (APCA), em televisão.

Alegria

Alegria
Alegria

A sala de espera estava bem cheia; Emilia se abanava com uma revista *Amiga* velha, onde acabara de confirmar que o seu cantor preferido tinha se separado da sua atriz preferida. Esse pessoal da TV!

Era o terceiro médico naqueles últimos dois meses e sempre pelo mesmo motivo: motivo sem gravidade, talvez, mas incomodativo.

– Dona Emilia Fiore! – chamou a recepcionista, com seu cartão do seguro-saúde na mão. – É a senhora.

Entrou; o médico era moço e simpático. Foi com a cara dele na primeira; deu as informações iniciais, nome, estado civil.

– Muito bem; qual é a queixa, dona Emilia?

– É o seguinte, doutor: é o problema da carne...

O médico olhou pra ela sem entender bem.

– Eu explico, doutor: eu não tolero a carne...

– O médico interrompeu:

– Não é tão raro. Existe muita gente assim. Aliás, comer muita carne não é saudável. Experimente alternar com frango, peixe...

– Não, não senhor! Eu até gosto de carne!

O médico levantou a cabeça e encarou-a de novo, já um pouco irritado. Afinal, a paciente gostava de carne ou não a tolerava?

– Desculpe, doutor, estou parecendo boba...

Ele não protestou.

– O negócio é o seguinte: eu não tolero carne crua. O cheiro dela, o sangue, me embrulha o estômago, tenho ânsias... Um horror.

O médico sorriu, já mais aliviado:

– Não há problema, minha senhora. Evite comer carne malpassada, aquela que nas churrascarias se chama "ao ponto".

Naturalmente, a senhora também deve evitar quibe cru, carpaccio e bife tártaro. Coma a carne bem assada; aliás, é mais prudente.

Emilia baixou a cabeça; ia começar a inhana.

– Doutor... não existe algum remédio que tire da gente esse nojo? Essa, mania? Afinal, cheiro de carne crua, que mal tem? Se é limpa e fresca?

O médico fazia anotações na ficha, já meio desligado:

– Minha senhora: existir, existe. Pode-se receitar um anti-histamínico, fazer testes...

– Tudo isso eu já fiz e não adiantou...

– A senhora não acha mais fácil deixar de comer carne crua e pronto?

– A coisa não é tão simples, doutor...

– Desculpe, mas por quê?

Emilia baixou a cabeça:

– É que o meu marido é açougueiro, doutor.

Levantou a mão, já tratando de deter algum comentário negativo:

– Um bom marido, um ótimo marido! Limpo, decente, toma banho de tarde, quando volta pra casa depois de fechar o açougue... Escova as unhas, passa xampu no cabelo... mas fica aquele cheiro, aquele cheiro de carne crua, de sangue, doutor! Eu não agüento! Me embrulha o estômago, me tira o apetite... de tudo, doutor... de tudo!

O médico olhava para ela atônito.

– Doutor, a gente é feliz, cinco anos de casados... eu gosto dele... verdade que não tivemos filhos mas... vamos ter, um dia... doutor... E agora?

★★★

Na cama, de camisola cor-de-rosa, Emilia conversava com um Urbino desolado:

– Não dava pra você mudar de ramo, bem? Lanchonete, padaria, sei lá...

– É disso que eu entendo, Emilia. Desde menino, aprendi com o pai. Cortar carne, abrir o boi. Levantar cedo, receber os quartos de boi inteiros, transportar aquilo, desmontar... É negócio seguro, todo mundo quer, compra. Comida, ninguém faz economia, só quem tá na embira mesmo. Como vou mudar, agora?

– É pela gente...

– Você pensa que eu não gostaria? De voltar a... tudo como a gente sempre fez? Faz três meses e meio, amor... é tempo paca. Hora dessas eu não agüento mais!

– Mas é porque eu não posso! Me dá enjôo!

– Será que você não tá grávida?

– Antes fosse!

– E agora?

***

Era um Urbino melancólico, o que cortava em bifes os dois quilos de coxão mole que dona Antonieta tinha pedido; moradora antiga do bairro, bonitona, aquela dona Antonieta! Às vezes pensava até que ela estava lhe dando bola.

– É quanto, seu Urbino?

Disse o preço e foi cobrar; o ajudante tinha saído pra fazer uma entrega. Dona Antonieta lhe deu o dinheiro e demorou com a mão na mão dele.

– O senhor nunca faz entrega em casa, seu Urbino?

– Depende da compra... e da compradora...

Ao entregar o embrulho as mãos se demoraram ainda mais; e os olhos nos olhos.

***

Onze horas da noite; Urbino estava excitado, alegre. Tinha tomado um banho demorado, no capricho, posto até água-de-colônia. Veio se deitar, Emilia já na cama.

– Contente, bem?

– É...

Urbino hesitava. Tinha que escolher as palavras, o assunto era sério. Por fim decidiu:

– É que...

Emilia já estava preocupada; conhecia o marido e melhor ainda as suas carências:

– Fala, bem. Fala sem medo. A gente nunca teve segredos um pro outro...

– Emilia...

– Que é?

Tomou o fôlego e soltou:

– O seu Alessio me propôs trocar o açougue com a casa de laticínios dele. Mas foi franco! A casa tá dando prejuízo, ele acha que pode ser empregado, cansaço, não sabe direito. Você... você topa essa experiência comigo, bem? Começar tudo de novo?

Emilia caiu nos seus braços.

PUBLICADO NA EDIÇÃO DE JUNHO DE 1998

Impressão e Acabamento
GEOGRÁFICA
editora